JIN ジン（シュバルディン）
（マリアム）

潜伏賢者は潜めない
The hiding wise man can not hide.
～若返り隠者の学院戦記～
Hyougetsu
漂月
Illustration
えいひ

目次

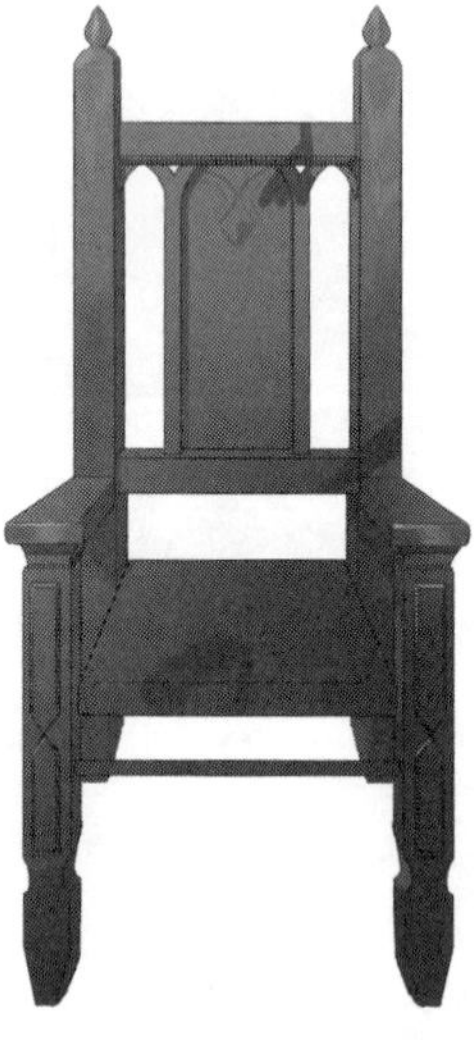

The hiding wise man
can not hide.

第一章

巷《ちまた》で『三賢者』などとクソ恥ずかしい名前で呼ばれて辟易《へきえき》していた俺だが、百年ほど姿を隠している間に世の中は妙な具合になっていた。

（あいつのやることとは思えんな……）

俺の目の前の建物には、『マルデガル魔術学院　第二十二期特待生選抜試験会場』の看板が掲げられていた。

兄弟子のゼファーが創設した学院だ。

（あの教え下手が教育者とはな……）

そんなことを考えていると、試験官が告げる。

「では次、受験番号〇二一番から〇三〇番まで。実技試験会場に入りなさい」

俺は手元の受験票を見て立ち上がる。受験番号は「〇二九」だ。

ぞろぞろと大きな石造りの建物に入り、俺は他の受験生たちと横一列に並ぶ。魔術というよりも弓術の練習場みたいな場所だ。

待ち構えていた別の試験官が、少し先にある標的を指さした。おおよそ一アロン（約百m）ちょっと、弓や火縄銃の間合いよりも少し遠い距離だ。

「一次試験を開始します。あの的に何でもいいから魔法を当て、損傷を与えなさい。制限時間はこの砂時計が落ちるまで。何発当てても構いません」

これは驚いた。驚いたときの癖で顎ひげを撫でようとしたが、我が愛しの顎ひげはどこにもない。つるんとしている。

そうそう、今は十七歳の少年の姿をしているんだったな。ひげなどあるはずがない。癖も直さないと。

しかしなければないで少し寂しい。

それはそれとして、俺は使い魔を呼び出す。

「カジャよ」

次の瞬間、腰の圧縮ポーチからスルンと黒猫が飛び出してくる。実際には黒猫のような姿をした人造魔物だが、とにかく見た目は黒猫だ。

もっとも今は光学隠蔽《いんぺい》を施しているので、俺以外には姿が見えない。声も聞こえない。

小さな黒猫は俺を見上げ、ちょっと気取った口調でこう応じる。

『はぁい。使い魔タロ・カジャ、あるじどののお召しにより、ここに参上ですよ』

少年のような中性的な声だ。

俺は『念話』の術を使い、声を発さずにカジャに命じる。

『俺の魔力量を監視し続けろ。使用している魔力が一カイトを超えたら警告してくれ』

『一カイトって……』

　黒猫の使い魔が呆れたような声を出した。

『あるじどの、それじゃそこらへんの凡人と同じ魔力量じゃないですか』

　今から凡人のふりをして受験するんだよ。

『フルパワーでぶっ放したら一発で俺だとバレるだろ。特に何もしなくても千カイト以上あるから、油断するとすぐに十カイトぐらいは使ってしまう』

『でもあるじどの、一カイトじゃ、あそこまでは届きませんよ？　破壊魔法はだいたい、１／４アロンぐらいが有効射程ですよね？』

『うむ。距離を四倍に伸ばすと、消費魔力は十六倍だな。一カイトではちと厳しいか』

　破壊魔法を投射すると、「距離」と「時間」による二種類の威力減衰が発生するからだ。

『どうするつもりですか、あるじどの？』

『今考えているところだ』

　つるんとした顎を未練がましく撫でながら左右を見ると、みんな難しい顔をしてうんうん詠唱しているところだ。

「深紅の踊り手よ、灼熱の鳥よ……」

「ディ・エリシモ・マギテ・イヨルム……」

「火素召集！　第二階梯！」

　精霊派、古魔術派、元素派の魔術師たちか。ぎこちない詠唱だが、基礎はしっかりしているな。

さて、どうしようか。

俺は的をじっと見る。材質は安物の丸太だ。

ちょっと様子を見るか。

顎を撫でながらぼんやりしていると、近くにいる受験生たちが術を完成させる。

「今こそ舞え、火燐の舞姫よ！」

「ディジオーム！」

「全火素放出！」

放たれた火の魔法は、どれも目標まで届かなかった。みるみるうちに途中で減衰し、1／4アロン（約二十五ｍ）から半アロン（約五十ｍ）ほどで消えてしまう。

あからさまに落胆した表情の受験生たち。

カジャが溜息をつく。

『あーあ』

『まあそうなるだろうな。さて、ではやるか』

さすがに俺も一カイトの魔力では工夫が必要なので、少しばかりズルい術を使うことにする。

『どうするんです？』

『投射術を使わなければ簡単だ。破壊魔法の発生地点を標的の直上にすれば、減衰は発生しない』

座標指定と魔力の伝播《でんぱ》に少しばかり時間が必要だが、制限時間はまだだいぶ余裕がある。

俺は慎重に魔力を送り、丸太の直上に電気エネルギーを発生させた。変な方向に飛ばないよう、それを丸太に向かって誘導する。

『あるじどの、一カイトを超えそうです』

『多少超えても問題はないが、まあこれぐらいにしておくか』

俺は組み上げた術式を発動させた。

「陰陽の力よ、結びて雷光となれ」

次の瞬間、青白い閃光《せんこう》と共に「バシン！」という激しい音が鳴り響いた。

周囲の受験生たちが驚く。

「うわおっ!?」

「きゃっ!?」

「えっ、なに!?」

結構うるさかったので驚かせてしまったようだが、一カイトしか使ってないので安心してほしい。

全力で放っていたら、今ごろ俺以外全員死んでいる。

『あるじどの、標的が燃焼しています』

『乾いた丸太が落雷を受ければそうもなろう』

標的の丸太はみるみるうちに燃え上がり、丸太全体が炎に包まれつつあった。

今は試験官たちが慌てて砂をかけて火を消しているところだ。

「なんだ!?　今の魔法は『電撃』か!?」

「いや、飛んでいくところが見えなかったぞ！」

「いいから火を消せ！　くそっ、砂じゃ無理だ！」

「おい誰か『水撃』は使えないか！」

なんか大騒ぎになってるけど、「損傷を与えろ」と言ったのは君たちだからな。

とはいえ少々気まずいので、何とかしておこう。

俺は事前詠唱《プレキャスト》しておいた術をひとつ、こっそり解放する。完成させた術式を起動させるだけなので、誰にも気づかれることはない。

「絶息の檻よ」

消火に便利な『窒息』の術だ。大気中の窒素を集めて丸太を包み込む。丸太周辺の酸素の比率が急激に低下し、一気に火勢が弱まった。

カジャがそれを見て、ぽつりと言う。

『あるじどの、それ結構ヤバい術ですよね？』

『呼吸を阻害する術でもあるからな。扱い方ひとつで人が死ぬ』

だから試験官たちが巻き込まれないよう、かなり繊細な操作をしているところだ。

窒素そのものはそのへんに大量にあるからタダ同然だが、操作の方に魔力を使う。気体の制御はかなり高度な術だ。

やがて試験官たちの声が聞こえてくる。

「あれ、急に火が弱まったぞ……」

「よくわからんが、今のうちに水ぶっかけろ！」

「任せとけ、水素招集！　第五階梯、放出！」

じょばじょばと水が降り注ぎ、びしょ濡れになった丸太は無事に鎮火できたようだ。よかったよかった。

俺が内心ホッとしていると、試験官たちがこちらに早足で歩いてきた。

何もまずいことはしてないはずだが、まさかこれ失格になったりしないよな？

すると試験官たちは互いに顔を見合わせた後、厳粛な顔をして俺に言った。

「〇二九番」

「はい」

「こっちに……こっちに来なさい」

試験官の唇は微かに震えていた。

「一次試験、合格です」

俺と同じ組で他に二次試験に進んだ者はいなかった。

不合格者は後日行われる一般入試を受験することになるだろう。今回の試験結果に応じて加点があるので、だいたいみんな合格するらしい。

しかし特待生だと学費免除なので、貧乏な俺としてはぜひ特待生で合格しておきたい。

二次試験は少し様子がおかしかった。

「〇〇五番、〇一一番、〇一六番、〇二九番。今回、一次試験を通過したのは君たち四名です。ここから先は実践的な試験となります。無理だと思った場合はすぐに棄権するように」

俺以外の三人を見るが、さすがにそこそこの使い手が集まっているようだ。

男の子が一人と、女の子が二人。みんな若いが、一次不合格の連中よりは年齢も少し高めに見える。

その男の子、赤毛をツンツンに逆立てた〇一一番の少年が自信まんまんに笑う。

「棄権なんかしませんよ！　この日の為に鍛え上げてきたんですから！」

他の受験生たちも辞退する気はないようで、みんな自信に満ちあふれているようだった。

試験官たちはそれを見て、小さくうなずく。

「では試験を開始する。次の試験も標的に魔法を命中させるが、今回は標的が動いて反撃してくる。極めて危険なので、くれぐれも死なないように」

「え？」

〇一一番が聞き返したときには、奥の扉が開いて何かぞろぞろとやってきた。

「きゃっ!?」

「うわっ!?」

他の受験生たちが驚いて半歩後ずさる。

やってきたのは、動く骸骨《がいこつ》の集団だった。全部で四十体ほど。

骸骨たちは恐ろしげな髑髏《どくろ》を晒《さら》し、槍と大盾を構えている。

まあでも、槍は穂先に丸いポンポンがついた練習用だ。それに大盾を持たせているのも、むしろ攻略を容易にする為だろう。骸骨兵は肉も臓腑もないスカスカの体だから、わざわざ重い大盾で守るほどのものが存在しない。

試験官が壁際に退きながら俺たちに言う。

「骸骨兵が動き出したら魔法で攻撃しなさい。一体でも倒せた受験生は合格とします」

確かに実践的ではある。

早めに片付けて昼飯にしたい俺は、他の三人に問う。

「誰からやる？」

「バッ、バカ野郎！　一人であんなもん相手できるか！」
○一一番が慌てて叫び、他の連中もうなずく。
そういえば全員、一次試験で破壊魔法を使っているはずだな。

「みんな、あと何発撃てる？」

俺が聞くと、三人は顔を見合わせてこう言った。

「さっきの試験みたいなのはもう無理だよ。軽いのなら一発は大丈夫」

「軽いのでいいんなら、俺もあと一発いけるぜ」

「私はまだまだやれるわ。まあ……一発ぐらいなら」

要するにみんな、あと一発撃つのが限界だ。

敵は四十体。軽めの破壊魔法では一体倒すのがやっとだろうから、残り三十七体はどうあがいても倒せないだろう。

となればまあ、大人としてやることはひとつだな。

「わかった。じゃあ敵が前進を開始したら詠唱を始めろ。ゆっくりでいい」

「でも一体倒すのがやっとだぜ？」

ツンツン頭の少年が言うので、俺は笑う。

「一体倒せば合格なんだ。自分の合格のことだけ考えてろ」

普通に考えれば、一次試験を突破した優秀な受験生をこんなところで死なせるはずがない。

あの骸骨兵の槍にも刃はついていないし、安全には配慮しているのだろう。あくまでも模擬戦闘だ。

「骸骨兵の見た目に惑わされるな。あいつらは痛みや恐怖を感じないから手強いが、他は大したことない」

「言ってくれるわね……」

〇一六番の少女がぼやき、それから不敵に微笑む。

「まあいいわ。確かに今は、合格すること以外を考える必要はないわね」

「ま、それもそうか。骸骨なんか見慣れてるしな」

「え、〇一一番怖い」

「いや、俺んち神官だから！　実家の神殿に納骨堂があるんだよ！」

話がまとまったようなので、俺は試験官にうなずく。

「準備できました」

「わかった。では試験開始だ」

骸骨兵たちが一斉に大盾を構え、盾の壁を作って前進を開始した。

盾の間からは槍がずらりと突き出され、相当な迫力がある。

「おい〇二九番、来たぞ来たぞ」

「待て、まだ詠唱するな。思ったより骸骨兵の脚が遅い」

事前詠唱ができる俺と違い、初心者は詠唱を途中で止めておくことが難しい。唱え始めた時点で、破壊魔法が飛び出すタイミングがだいたい決定されてしまう。

彼らの詠唱時間は、およそ二十拍（秒）。かなり長い。

だが骸骨兵たちの前進速度もかなりゆっくりだ。おそらく受験生の詠唱が間に合うように調整されているのだろう。配慮を感じる。

しかし受験生たちは気が気ではないらしく、俺と骸骨兵を何度も見比べていた。

「でも〇二九番、早く唱えないと……」

「間合いの外から放っても、威力が減衰して敵を倒せない。あと一発しか唱えられないのなら、十分に引きつけろ。時間は俺が稼ぐから心配するな」

〇一六番の気の強そうな少女が叫ぶ。

「時間を稼ぐって、どうやるつもり!?」

「俺が戦う」

全身に強化魔法をかけ、俺は骸骨兵の隊列に歩いていく。新しい体の使い心地を試すのにちょうどいい。魔法で反射速度と筋力、それに代謝能力を強化した。

「おっ、おい、〇二九番!?」

「ちょっと待って！　危ないわよ！」

「やめたほうがいいよ、死んじゃう！」

俺は仕上げに『霊剣《オーラブレイド》』の魔法を両手にかけると、三人に告げる。

「この方が早い」

「早くねーよ!?　死ぬって言ってんだよバカ！」

ツンツン頭の少年が本気で心配してくれているので、俺は思わず笑う。

「バカなのは否定できんが、さすがに模擬戦で死ぬほどバカじゃない。そろそろ詠唱を始めろ」

「おい待てっての！　なんで笑ってんだよ!?」

古来、魔術師は自らの肉体で戦うことも多い。

破壊魔法を投射すると距離と時間で威力が減衰するので、魔力の費用対効果が非常に悪いのだ。

少ない魔力で多くの敵を倒そうと思ったら、なるべく近づいて攻撃するしかない。

だから余裕がないときは至近距離まで接近し、白兵戦を行う。それだけだ。

「では参る！」

どんな戦いであれ、全力で戦う以外の選択肢はありえない。それに俺は本職の戦士ではなく魔術師だ。余計なことを考える余裕はない。

骸骨兵相手の模擬戦とはいえ、気を抜けば思わぬ怪我をする。死力を尽くさねば。

骸骨兵たちが繰り出してくる槍を、俺は『霊剣』を帯びた手刀でまとめて斬り払う。

敵の槍が仮に本物だったとしても、俺の掌を貫くことはできない。魔力を帯びた肉体は刃であり鎧でもある。攻防一体の技だ。

「せやあぁっ！」

最初の骸骨を手刀で盾ごと真っ二つにすると、崩れた隊列の中に飛び込む。

骸骨兵たちは横二列に並んでいたので、たった二体倒すだけで隊列の後ろ側に抜けられた。

槍兵の横隊は正面に対して絶大な強さを発揮するが、背後や側面に回られると弱い。隊列の再編成が必要になる。

もちろん、そんなものを待つつもりはない。

「くたばれ！」

隣の骸骨の頭を掴むと、膝蹴りで頭蓋を蹴り砕く。次の骸骨は肋骨の隙間から脊椎を握り潰してやった。『霊剣』を帯びた俺の手指は、一本一本がウォーハンマーに匹敵する破壊力を持つ。

バキバキと数体壊したところで、こいつらの動きは完全に見切った。

思った以上に弱い。見てくれだけだな。反応が鈍いし動きも単調だ。技量も低い。

あくまでも受験生に威圧感を与えるだけの「動く案山子」だ。

そうとわかれば適度な運動が楽しくなってくる。若い肉体は息切れしないし、とにかく軽い。健康になれそうだ。

（見習い時代のマリアムがやらかした大失敗を思い出すな……）

クソ生意気な妹弟子の泣きそうな顔を思い出しつつ、骸骨兵を片付けていく。

あのときと違って骸骨兵の得物が本物ではないので、何の緊張感もない。

実はさっきから槍についているポンポンで執拗にドスドス突かれているんだが、これは別に失格にならないようだ。何も言われてないしな。

だが多少痛いし、地味にムカつく。

背後では他の受験生たちがそろそろ術式を完成させるところだ。三人とも流派は違うが、投射開始の文節を唱え始めている。

俺は邪魔にならないように骸骨兵を盾にして、受験生たちに叫ぶ。

「撃て！」

やや小さめの火の球が三つ、骸骨兵めがけて放たれた。威力は低いが十分に引きつけて撃ったので、ちゃんと骸骨兵を一体ずつ倒す。焦げた骨がカラカラと崩れ落ちた。

これで彼らは無事、特待生として合格という訳だ。めでたい。

それと同時に俺は最後の骸骨兵に手刀を振り下ろす。そいつの頭蓋を叩き割ると、ようやく安堵の溜息を漏らした。

「こんなもんか」

動いている敵はもういないようなので、俺は両手の『霊剣』を解除する。解除せずにうっかり顎を撫でようものなら、顔の形が変わってしまう。

冗談だと思っていたら本当にやりかねないので、魔法の後始末は大事だ。

ふと気がつくと、試験官たちが俺を見て困惑している。ついでに言うと、他の受験生たちも俺を不気味そうに見ていた。

いや、俺もちゃんと魔法で攻撃したからな？　合格させてくれよ？

俺は『霊剣』をもう一度発現させて、指先で大盾をスパスパ切断する。

「この通り、全て『霊剣』で攻撃しました。魔法による攻撃です」

「あ、うん。そうだな……確かに」

試験官たちはますます困惑した表情で顔を見合わせ、それから一人がこう告げる。

「ええと、問題ありません。全員合格です。これにて二次試験を終了します」

そして彼らはそこらじゅうに散らばっている骨の山を見て、深い溜息をついた。


二次試験が終わった後、俺たちは全員が口頭試問を受けた。内容はそれぞれの実技試験についてだ。

俺も聞かれた。

「〇二九番、君はなぜ一次試験で落雷の魔法を使ったのですか？」

動かない的に当てるんなら、あれが一番楽で減衰しにくいからだよ。標的の直上で発生するんだから無駄がない。

そう思ったが、さっきの実技で派手にやりすぎたのでここは控えめにいく。

「一番得意な魔法があれだったので」

「……ふむ」

試験官たちが何かメモしている。

「火の魔法を使おうとは思わなかった？」

「着火しませんから」

受験生レベルの火の魔法で、あの距離から丸太を燃やせるとは思えない。焚き付けじゃないんだから。

「それでは次だ。二次試験で、なぜ近接戦闘をしたのかね？」

適当に嘘ついておこう。

「一次試験で魔力を使い切り、他に方法がないと思いました」

「そうか……」

また何かメモされてる。気になるぞ、おい。

適当な魔法を使って盗み見してやろうかと思ったが、受験生として正々堂々と振る舞うことにする。こんな試験でも、試験はやはり厳正に行われるべきものだ。

すると試験官の一人が笑う。

「それにしても豪快だったねえ」

「ええまあ……」

「まるで騎士物語の英雄みたいだったよ。魔術師っぽくはなかったけどね」

「ははは……」

余計なことを言うとボロが出るので、曖昧に笑っておく。

するとと試験官たちは顔を見合わせ、大きくうなずく。

「君の魔力、判断力、そして体力は素晴らしい。我々は君を当学院の特待生に相応しいと判断した。入学証明書を発行するので、準備ができたら学院に向かいなさい」

「ありがとうございます」

こうして俺は『マルデガル魔術学院』に特待生として入学することが決定した。


受験会場を後にした俺は、魔術国家と名高いサフィーデ王国の首都、イ・オ・ヨルデの賑わいを眺めながら宿に戻る。

さて、あのババアに連絡しておかないとな。

「カジャ」

「はぁい。御用はなんでしょうか？」

使い魔のタロ・カジャがすぐに黒猫の姿で現れ、俺は命令を与える。

「周囲を警戒してくれ。接近する生命体と使い魔、それに空間魔力の人為的な変化があればすぐに報告しろ」

「承知しました。ええと、現在は全ての項目において異状なしです」

「よろしい」

俺は自分が魔法的な探知を受けていないことを確認し、宿のベッドで瞑想する。この為だけにわざわざ個室を借りた。

やがて俺の意識は肉体を離れ、物理的な距離が意味を持たない空間、俺たちが『魂の円卓』と呼ぶ仮想の部屋へと向かう。

がらんとした円卓には席が八つあり、そのうちのひとつが俺のものだ。

ここは俺たちの師匠が作った仮想空間で、部外者には知覚することができない。ここには膨大な情報を収めた『書庫《アーカイブ》』や、高度で複雑な演算を行う魔法装置も置かれている。研究や情報交換の拠点だ。

その代わり、ここの維持費は俺たちの魔力から支払われている。維持費を支払う者がいなくなったとき、この空間は消滅する。

かつて、ここを守る者たちは八人いた。

今は三人しかいない。

とりあえず座ってから、ここにいるはずの妹弟子に声をかける。

『おい、マリアム、マリアム』

俺の呼びかけに、魔女マリアムが姿を現す。

あちらは俺と違い、品のある老婦人の姿だ。

『あら、シュバルディン。試験は終わったのかしら?』

『済んだ済んだ。特待生で合格だとさ』

『ふふ、さすが三賢者の一人ね』

嫌みを言われた。

『あんな試験で落ちるほど老いぼれとらんよ。お前も一緒に受けたら良かったんじゃないか?』

『うーん、私はあなたほど優秀じゃないから』

また嫌みを言われた。

妹弟子の癖に生意気なんだよ、こいつは。

『兄弟子シュバルディンが十七のガキに体を作り替えて、こんなどうでもいいことに苦労してるんだぞ。少しは労ってくれてもいいだろう』

『あらあら。あなたが見た目にこだわるタイプだとは思わなかったわ』

くすくす笑うマリアム。笑ったときの表情は、十代の頃から変わらない。

俺は腕組みする。

『実は俺もそうなんだ。あんな腰痛持ちのガタガタの体でも、長年使えば愛着が出てくるものだな』

ああでも、老眼が治ったのは凄く嬉しいぞ。老眼鏡なしで研究書が読めるのは最高だ。細かい作業も楽になった。

するとマリアムが俺をじっと見つめる。

『でも今の姿も可愛いわ。なかなか素敵よ』

実はこの姿、俺が実際に十代だった頃の外見だ。俺はマリアムの秘術で若返っている。

まあマリアムは覚えてないだろうが……。

『さて、話を戻そうか』

『ええ、兄弟子殿』

俺がまじめな口調になると、マリアムもスッと真顔になった。

俺は円卓の一席を示す。

『兄弟子ゼファーの考えはまだわからん。三賢者……まあ本当は八賢者だが、とにかく学友として座視はできんだろう』

『そうね。私たちに黙って、二十年以上も前に学校を作っていた理由は何かしら？』

『さあな。試験では丸太に魔法をぶつけるよう指示されたから、その辺に意図がありそうだが……』

可能性はいろいろ考えられるが、早計は禁物だ。

俺は顔をしかめる。

『俺たちの師匠は常々、魔術師の育成は導師一人に生徒二人ぐらいが望ましいと言っておられた。学校を開いて大々的に弟子を集めるなど、師匠の教えに反している』

『先生の言いつけを全く守らなかったあなたが……』

『言うな』

仮想空間なのに顔が熱くなってきた。

『とにかくだ。兄弟子ゼファーの真意を確かめねばならんが、ぶっちゃけあいつが何考えてるのかわからんので怖い。俺、ゼファーは苦手なんだよ』

『私も。あの人、何考えてるのかよくわからないのよ』

兄弟子の中で一番苦手なヤツが残ったせいで、微妙にぎくしゃくしたトリオで「三賢者」なんて呼ばれるようになってしまった。

マリアムがつぶやく。

『こっちの呼び出しにも一切応じないから、もしかするとラルカンのときみたいに……』

『おいよせ』

危険な研究に手を出し、魂を失ってしまった兄弟子を偲ぶ。八賢者の中でも特に優しい人だった。

『ただ、お前の危惧《きぐ》もわかる。だからこうして生徒として潜入するんだ』

『導師の募集があれば良かったのにね。生徒じゃ身動きが取りづらくない？』

『募集してないんだからしょうがないだろう。開校当時はともかく、今は魔術学院の卒業生しか採用しないそうだ』

その結果、マルデガル魔術学院の全貌は秘密のベールに覆われている。学校も古い山城を改築しているから、部外者は近づくことができない。

俺はつるんとした顎を撫でつつ、溜息をついた。

『ま、調べるだけ調べたらとっととおさらばしよう。兄弟子が単に変節しただけなら、別に止める理由もない』

『そうね。世界を滅ぼそうって訳でもないでしょうし』

マリアムはそうつぶやいてから、ふと微笑んだ。

『でも、こういうのってワクワクするわね？　懐かしいでしょ？』

『お前な……』

妹弟子はいくつになっても子供みたいだ。

無事に『マルデガル魔術学院』への入学が決まったので、俺は入学準備を整える。

といっても俺は元々身軽な放浪生活で、荷支度の必要は何もない。荷物は魔法の圧縮ポーチひとつだ。

それに本当に大事な荷物は、もっと別にある。

「カジャ、システムに異状はないか？」

「はい、あるじどの。先日の試験で得た情報も整理して保存できていますし、ばっちりですよ」

「よろしい」

知識と情報こそが魔術師の財産だ。カジャはその魔術師の財産を預かる、家令のような存在でもあった。

俺は自前の研究室や書庫を持っていない放浪者だから、カジャのような使い魔が頼みの綱だ。何があっても研究に支障がないように、予備のカジャまで用意している。

しかし最近、使い魔を連れ歩く魔術師を全く見かけなくなった。

使い魔は取り扱いがかなり難しいからだろう。高度な知性や意志を持つタイプほど、反乱や暴走の危険がある。

「まああれだ、塩漬け肉食うか？」

「なんですか急に猫撫で声で。ボクは熱量さえあれば何でもいいです。炭でも油でも」

「黒猫が炭かじってたら不気味だろ……」

こいつ自身の行いについても、少し命令を出しておいた方がいいかもしれないな。

「その姿のときは飼い猫の習性を擬態しろ。さて、行くか」

マルデガル魔術学院は人里離れた山奥にあり、名前の由来となった『マルデガル城』を再利用している。調べたところによると、おおよそ二百五十年ほど昔の城だ。

城というのは基本的にどれも貴族や王の持ち物であり、軍事や政治の拠点となる。廃城でもない限りは勝手に利用はできない。

『ということはつまり、世俗の権力が絡んでいるということか』

俺の念話に妹弟子マリアムが答える。

『兄弟子ゼファーはそういうものから距離を置いていたはずだけど、何があったのかしらね？』

『ここ三十年ぐらい会ってなかったからな……。俺もお前も自分の研究に没頭してたし』

まあいい。全ての基本は観察だ。学内を隅々まで観察して、調べてみればわかることだろう。

それよりも今は、目の前の『こいつ』だ。

「はい、次の人。円盤の中心に乗って。端は危ないよ」

魔術学院の正門へは巨大な石橋を渡って入るようになっているのだが、途中がごっそり欠落している。もちろん普通は渡れない。

そこで大型の浮遊円盤《フローティングディスク》を浮かべ、それで渡るようなのだが、正直ちょっと嫌だった。

『あれに乗るのか』

『微笑ましいわね』

冗談じゃないぞ。

『ありゃ貨物用だろう。魔術師があんなもんに乗ったら恥だ』

『しょうがないでしょう。普通の新入生は飛行の術が使えないわ』

それはそうだが。

まさか『飛行』の術をここで使う訳にもいかないし、おとなしくあれに乗るしかないのか。

最後にあれを使ったのは、火竜の死骸を師匠の研究室まで運んだときだ。

係員らしい魔術師が、微かに苦笑しながら俺を見ている。

「次の人、怖がらずに早く乗りなさい。これに一人で乗れるようじゃないと、魔術学院の生徒にはなれないよ」

くそ、あの凄まじい死臭を思い出してきたぞ。

火竜の喉袋から可燃性のガスが漏れてて、それが腐敗ガスと混ざり合ってそれはもう凄かった。

目が痛かったしな。

「早く乗りなさいってば。後がつかえているから」

「わかった、わかりましたから」

「よし、この真ん中の棒をしっかり持って。不安ならベルトを通して固定しなさい」

「いえ、大丈夫です……」

俺は溜息をつき、浮遊円盤の中心に立った。円盤の中央には杖を模した棒が立っており、これを摑むらしい。遠目には、魔法使いが杖を突いて空を飛んでいるように見えるはずだ。

素人目には幻想的な光景だろうが、本職の魔術師としては「ごっこ遊び」にしか思えない。猛烈に恥ずかしい。

『亡き兄弟子たちには見せられん姿だな……』

マリアムの声がクスクスと笑う。

『見習いの頃、それに帆を張って空を飛ぼうとした人の台詞とは思えないわねえ』

ああ、あれはいい思いつきだと思ったんだが。

いや、ちょっと待て。

『お前が弟子入りする前の話だぞ。なんで知ってる？』

『先生がいつも話してたわよ？　シュバルディンの創意工夫は素晴らしいって。慣習や前例を物ともしないのがあの子の強さだって』

師匠。何やってんですか師匠。

やめてくれよ。

打ちのめされた俺は浮遊円盤に運ばれ、ふよふよと空を飛んでいく。杖そっくりの取っ手は……別に必要ないが、せっかくなので握っておく。

浮遊円盤は水平と高度を維持することにかけては完璧だ。他に能がないともいう。

ただ疑問もある。

「なあカジャ」

「なんですか、あるじどの」

「こいつはいったい、何なんだろうな?」

魔術師は浮遊円盤を簡単に召喚できるが、こいつがいったい何なのか誰も知らないのだ。材質も不明、なぜ浮いているのかも不明、水平と高度を保っている原理も不明だ。

忠実なる使い魔はしばらく沈黙し、それから答える。

「蓄積された情報の中にはありません」

「そうだろうな」

こいつが何なのか全くわからないが、人畜無害で便利なので使われている。

見習い時代のとき、師匠が俺の擦り傷を手当しながら教えてくれたことを思い出す。

『この円盤は世界を包む殻なのではないかという仮説があってのう。まあわしが考えた仮説なんじゃが』

『世界を包む殻? 卵の殻みたいなもの?』

『さよう、この世界を別の世界と隔てておる卵の殻じゃ。そう考えれば、水平と高度を維持する機能にも納得がいくじゃろ?』

『わかんないよ』

今ならわかるが、師匠はいない。

俺は念話でマリアムに言う
『こいつが師匠の言っていた「卵の殻」だとすれば、完全な平面ではなく曲面のはずなんだ』

『宇宙全てを包む殻よ？　仮に曲面だったとしても原子一粒分にも満たないでしょう。測定する手段がないわ』

そう、だから仮説の域を出ない。

『いずれ惑星よりも大きな……そうだな、銀河系ほどもある浮遊円盤を召喚できれば、測定できるかもしれんな』

『端から端まで測ってるうちに、器具も観測者も寿命が尽きるわよ……』

この途方もない感じ、実に心地よい。

『こういう会話ができる相手も、もうお前とゼファーだけだな』

『……そうね』

俺たちにさまざまな知識を授けてくれた師匠は、今はいない。

師匠はこの世界にやってきたときと同様に、異界渡りの門を開いて元の世界に帰ってしまった。

師匠は存在するだけで魔力平衡を乱し、強大な魔力場を形成してしまう。だからときどき異世界に移動して、蓄積した魔力を清算しないといけないそうだ。

あまりにも強大な存在なので、師匠は元の世界では魔王として君臨していたという。

もちろん冗談だろう。あの師匠にそんな覇気も野望も感じられない。学問と指導をこよなく愛する、どこまでもまじめな教育者だった。

もし次に会えるとしたら、たぶん数百年後だろう。俺が存命だといいんだが。

『そういえばゼファーも、また師匠に会いたいといつも……』

そのとき不意に、俺は妙な気配を感じる。より正確に言えば、風を切る甲高い音だ。可聴域ギリギリ、それも若返った耳でなければ聞こえない音域だった。

同時にカジャが告げる。

「あるじどの、頭上から高速で接近する物体が四つです！　あっ、これ直撃します！」

そいつの正体を分析している暇はない。俺は『盾』の術を使う。魔力で作り出した力場を傘のように展開すると、間髪入れずに何かがぶつかってきた。

傘状の力場にぶつかった何かは、そのまま俺の周囲をすり抜けて再び上空に舞い上がる。一瞬しか見えなかったが、トンボの羽を生やしたミミズのような生物だった。

「カジャ、分析結果を報告！」

「あっ、はい！　およそ九十六・四％の確率で『飛針蛭《ひしんてつ》』です」

聞き覚えがあるが思い出せん。すぐさま『書庫』で調べる。

『飛針蛭《ひしんてつ》』

『高い飛行能力を持つ吸血性の環形動物。上空から重力を利用して急降下し、鋭い口吻を突き刺して鳥類の血を吸う。チャスベンテ地方などの亜熱帯に生息。重篤な感染症を媒介する』

「こんな高緯度にいる生物じゃないぞ」

「そんなこと言われてもボク知りません。あ、また来ます」

「ええい、面倒な」

再び『盾』の術で受け流す。なるべく下に受け流すよう、急角度で細い円錐形の力場にした。だがこれは厳しい。

浮遊円盤に乗っている状態では、上空からの攻撃を回避しづらい。逃げ場も遮蔽物もない。

魔法で防ぐにしても、相手が高速すぎる。

だがカジャは落ち着いた様子だ。

「あるじどの、これ『盾』で弾いていれば向こう岸まで安全に行けませんか？　城門まで行けば屋根がありますよ」

「他の浮遊円盤に弾いてしまう可能性があるし、向こう岸までこいつを連れて行くと巻き添えが出るかもしれん」

同様の理由で、派手な破壊魔法も使えない。すぐ近くには他の生徒たちの乗った浮遊円盤がある。

『盾』の術ではいくら弾いても飛針蛭にダメージを与えられない。この術は磁石のような反発力で攻撃の軌道を変えているだけだからだ。

「飛針蛭の知覚を混乱させれば……いや、やはり巻き添えが出るな」

いつもならさっさと『飛行』の術で逃げ出してしまうのだが、見習い魔術師が使うような術ではない。俺の正体がバレてしまう。

もちろん、ここで大立ち回りを演じてもダメだ。できれば戦っていることすら気づかれたくなかった。

「あるじどの、また来ます。急降下を感知しました」

「しつこいな」

やはり倒すしかないか。相手はただの蛭、石でもぶつけてやれば死ぬだろう。

問題はここに石がないことだが……。

あ、そうか。

次の瞬間、俺は浮遊円盤の外に飛び出す。カカカカンッと鋭い音が四つ、ほぼ同時に響いた。

それから俺は浮遊円盤の縁にぶら下がりつつ、カジャに聞いた。

「やったか?」

カジャの答えは簡単だった。

「はい。敵勢力は全滅しました」

「よろしい」

俺は『剛力』の効力が切れないうちに、よっこいしょと浮遊円盤によじ登る。事前詠唱している術のうち、とっさに使えそうだったのがこれしかなかった。

「さすがは『世界の殻』だな」

浮遊円盤の上には、びちびち跳ねている気持ち悪い生物が四匹。いずれも黒光りする口吻が折れ曲がり、トンボを思わせる透明な羽もバラバラになっていた。

浮遊円盤の方には傷ひとつない。

俺は飛針蛭の突撃をギリギリでかわし、わざと浮遊円盤に激突させたのだ。鳥ぐらいなら串刺しにしてしまう飛針蛭も、これはさすがに相手が悪すぎた。

俺はふと生物学的興味を覚え、飛針蛭の鋭い口吻をまじまじと見つめる。

「この口吻……」

「はい？」

「てっきり炭素かカルシウムでできていると思っていたが、鉄分が含まれているな」

「それがどうかしましたか？」

「吸血によって得た鉄分で口吻を形成し、急降下時の姿勢を安定させる錘《おもり》としても使っているのだろう。それにこれなら鳥類の骨ぐらい砕ける。非常に興味深い」

「それよりあるじどの、マリアム様から念話です」

マリアムの心配そうな声が聞こえてくる。

『シュバルディン？　今何かと戦ってなかった？』

『飛針蛭が四匹、執拗に俺だけを狙って襲ってきたところだ。もう片付いた。「世界の殻」の前では、文字通り歯が立たなかったようだな』

『世界の殻？』

俺は事情を説明しつつ、まだうねうね動いている飛針蛭を浮遊円盤の外に蹴り落とす。

『飛針蛭は本来、人間を襲うような生き物じゃない。人間の骨は鳥類よりも遥かに頑丈だから、口吻で深く突き刺すにはリスクが高すぎる。それに何かに操られているような動きだった』

『ということは、その何とか蛭は誰かに使役されていた……ということかしら？』

『そうだろうな。どうやらゼファーではない誰かが、俺を疎ましく思っているようだ。まさに「刺客」だな』

『確かにゼファーがこんな不確実で回りくどい方法を使うはずがないわ。彼なら飛竜の群れを召喚することだってできるでしょうし』

するとカジャがこう言う。

「では、正体不明の敵対者にあるじどのの素性がバレてるって認識でいいんですね？」

「あ、あー……うむ。そう考えた方が良さそうだな」

少なくとも、ただの新入生とは思われていないだろう。

潜入前から正体がバレていることに気落ちしつつ、俺は浮遊円盤に運ばれていく。

そして対岸に着いた後、浮遊円盤を管理する魔術師たちから「浮遊円盤にぶら下がって遊ぶな」と注意されてしまった。

『俺は被害者なのに納得がいかんぞ』

『ほんと、あなたって変わらないわね』

なぜかマリアムがクスクス笑った。

その後、俺は詰所の門衛たちに呼び止められた。門衛たちはサフィーデ王国軍の制服を着ている。魔術師ではなさそうだ。

相手が武装しているのでちょっと緊張したが、どうやら通常の手続きらしい。

「さっき外が騒がしかったが……えーと、君は新入生か。受験番号と名前を」

このとき俺は、周囲の壁に精神魔法の結界が張り巡らされていることに気づく。『偽証』の術だ。他者を欺こうとする心の動きを感知するので、嘘をつこうとするだけで反応する。

青白く浮かび上がっている魔術紋をよく見ると、ゼファーの癖があるな。俺にはよくわからない公式や定数を使っているようで、通常の半分以下のサイズに収めている。

つまり俺には破ることができない。魔術師としての実力は兄弟子の方がやはり上だ。

だがまあ、本名は名乗っても問題ないだろう。

「受験番号〇二九、『スバル・ジン』です」

「スバル・ジン？」

顔を見合わせた門衛たちが、俺に重ねて問う。

「珍しい名だな」

「はい。先祖がゼオガの氏族で、今でも名前を代々受け継いでいます。普段は通名ですが」

「なるほどな」

「ゼオガといえば遠い昔に滅亡した古代王国だな」

そう、俺の祖国は滅亡した。くだらない戦争のおかげで。

実は「スバル・ジン」が俺の本名だ。「シュバルディン」は通名に過ぎない。国を滅ぼされて異民族の中で暮らすことになった俺が偏見や差別に曝されないよう、師匠がつけてくれた。

これは誰にも説明したことはないから、他の弟子たちは知らないと思う。もちろんゼファーも知らないはずだ。

門衛たちは壁に備え付けられた石版をチェックしているが、魔法装置らしいそれは何も反応していない。

彼らは書類を確認し、軽くうなずく。

「問題ない。お、君は特待生か」

「将来、俺たちの上司になるかも知れないな。そのときはよろしく頼むよ」

どうせすぐにトンズラする予定なので、さすがにそれはない。

だが門衛たちも冗談で言っているんだろう。俺は軽く笑ってみせる。

「いえいえ、ははは」

門衛たちはにっこり笑い、俺に敬礼した。

「マルデガル魔術学院へようこそ」

「ありがとうございます」

その後、俺は必要な書類一式を受け取る。こうして審査は無事に終わった。

俺はマルデガル魔術学院の正門をくぐると、使い魔の黒猫・カジャに声をかけた。

「カジャ、これを記録しろ」

「なんですか？」

「ここの地図だ」

紙媒体を持ち歩くのは不便だし、状況次第では怪しまれることもある。

「ほら早くしろ」

「はぁい、はぁい」

「返事は一回」

地図によると、マルデガル魔術学院は男子寮と女子寮があるようだ。俺の部屋は最上階の四階の角部屋らしい。しかも一人部屋だ。

たぶん一番いい部屋なんだろう、さすがは特待生だ。

ただ、あんまり嬉しくはない。

「山城の角部屋は冬が寒いんだよな……」

「ジジイみたいなこと言ってますね、あるじどの」

「ジジイだよ」

寒くなる前に退散しようと心に誓う。

階段を上りながらチラチラ様子を見たが、特待生以外の生徒は四人部屋らしい。変な言動をするとすぐバレるから、個室で助かった。

学院内部には魔法的な監視装置はほとんどない。この寮にもなさそうだ。危険量の魔力に反応する警戒装置はあったが、これは生徒の監視用ではなく魔法実験の安全用だろう。

個室のドアを閉めると、ようやく俺は安堵する。

「やれやれ、これで安心だ」

さっそくゼファーに会ってみてもいいが、その前に学院の様子を少し調べてみよう。まさかとは思うが、兄弟子が邪悪な研究に手を染めていたりしたら困る。

俺がベッドに寝転がってあれこれ考え始めたとき、ドアがノックされた。

「誰だ？」

「俺だよ、俺」

いや誰だよ。

不思議に思っていると、見覚えのある赤毛の逆毛がぴょこっと顔を出した。受験会場にいた〇一一番だ。

「よう、〇二九番」

「ジンだ。お前は？」

「トッシュ。元素術の使い手さ。俺の華麗な詠唱、覚えてるだろ？」

どっちかというと、その赤毛のツンツン頭の方が印象に残ってる。

トッシュと名乗った少年は俺に近づき、ニヤリと笑う。

「やっぱ個室はいいよな。俺、四人部屋が嫌で特待生になったんだ」

なるほど、帰ってくれないか。

追い返したかったが、あっちは十代の少年で、俺はジジイだ。年長者としては、あんまりむげにするのも気の毒だった。

俺が顎を撫でながらどう反応しようか考えていると、トッシュは椅子に腰掛けて窓の外を見る。

「角部屋か、うらやましいな。開放感があって」

寒いと思うんだよ。ここ四階だし。

トッシュは俺の顔を見て、またニヤリと笑う。

「せっかくお互い個室になったんだ。エロい本なら持ってきてるから、必要になったときはいつでも貸すぜ。あ、変なシミはつけるなよ？」

「いや必要ない」

こいつ、たぶんバカなんだろうな。

でも何となく好きになってきた。

その後、トッシュはしばらく黙る。

それからふと、口を開いた。

「なあ、お前は何者なんだ？」

彼の表情はとても真面目だった。

入学試験のときにあれだけ派手に暴れた以上、同級生としては気になるのだろう。

正体は明かせないが、俺はなるべく正直に答える。

「お前と同じ、魔術を学ぶ者だよ」

「……そっか」

トッシュは立ち上がると、ドアノブに手をかけた。

「ま、おいおい教えてもらおうかな。よろしくな、ジン」

「ああ、よろしく」

短い付き合いになるだろうが、彼とは仲良くしよう。

「あ、エロい本貸そうか？」

「必要ないと言っている」

こいつ、やっぱりバカだ。


その日の夕方、俺はトッシュに誘われて別棟の食堂に向かう。

山奥だから食材は手に入りにくいはずだが、学食のメニューはなかなか豪華だった。野菜の煮込み料理と白パンだ。

「うっは、肉が入ってる！　鶏かな？」

トッシュが目を輝かせている。

麓の村と長期契約して、野菜や畜肉を納入してもらっているそうだ。

俺は向かいに座ったトッシュの食べっぷりをぼんやり眺めながら、食堂の中を見回した。思ったよりも人数が少ない。

今年の新入生はまだそんなに来ていないはずだが、上級生たちも意外と少なかった。

マルデガル魔術学院は二年制だと聞いていたが、どうやら本当らしい。

たった二年で何を学ぶんだ？　俺が基礎をマスターして見習いを卒業できたのは、入門して五年ほど経った後だったぞ。それでもかなり早いと褒められたのに。

「なあ、トッ……」

俺はトッシュに質問しようとして、彼の食事っぷりに絶句する。

「何だ、ジン？」

「何だじゃない」

俺は質問をやめて、彼をたしなめた。

「野菜を皿の端に除けるな。肉ばかり食べてないで野菜も食べるんだ」

「腹が膨れりゃ何だっていいだろ」

良くない。

「栄養が偏ると健康を損ねる」

「えいよう？」

トッシュが不思議そうにしているので、俺は師匠から教わったことを伝えた。

「人間は肉と野菜と穀物をバランスよく食べないと、体を壊すんだ」

「俺、野菜ぜんぜん食わないけど、風邪ひいたことないぜ？」

バカだからな。

バカは風邪ひいても気がつかない。かつての俺のように。

俺は溜息をつく。

「中年になってから困るぞ。いいから食べるんだ」

「せっかく実家から離れたってのに、口うるさいヤツと友達になっちまったな……」

まだ友達じゃない。歳も離れてるし。

「ほら、食べ物を粗末にするな」

「わかった、わかったよ」

渋い顔をして根菜を食べるトッシュ。野菜嫌いらしい。

それにしても栄養価の高い食事だ。これなら若者たちの食事として申し分ない。兄弟子を少し見直した。

トッシュは根菜を水で流し込んで、それから俺を見る。

「あ、そうだ。入試の二次試験にいた他の子たちも来てるぜ。女子寮だけど」

「そうか」

そういえば女の子が二人いたような気がする。確か精霊術と古魔術の使い手だ。

無事に入学したんだな。

トッシュが眉をひそめる。

「そうか……って、お前ぜんぜん興味なさそうだな？」

「あまりないな」

どうせすぐいなくなるつもりだ。

「お前変わってるよ。女子と一緒に勉強できる学問所なんて、マルデガル魔術学院ぐらいなもんなのにな」

「そう言われても困るんだが」

俺の中身はジジイなんだぞ。お前と一緒になって十代の女の子に目の色を変えてたら、気持ち悪すぎるだろうが。

そう言いたかったが、言う訳にはいかないので適当にとぼけておく。

「魔術以外に興味がないんだ」

「ほんっとーに変わってるな、お前」

もうほっといてくれないか。

するとトッシュがニヤリと笑う。

「噂をすればお出ましだ。ほら見てみろって」

「興味がない……」

渋々振り返ると、いかにもな感じの少女たちがこちらに向かって歩いてきていた。

片方は精霊術派らしく、火の精霊の加護があると信じられている紅玉髄《カーネリアン》のアクセサリーをじゃらじゃら身につけている。

このクソ寒い山城にもかかわらず、ずいぶん薄着だ。

火の精霊術師は熱をコントロールできるので、暑さや寒さにはそこそこ強い。

「うっはー……」

「トッシュ、何も言うなよ」

年若いトッシュには刺激的な服装だったようだが、あの装束についてあれこれ言うのは厳禁だ。

精霊術は自然信仰と結びついていることがよくある。彼女の踊り子のような装束は、火の精霊を崇拝する巫女の正装だ。

もう一人は古魔術派だ。古代文字が刻まれた石の首飾りをしていた。古代文字は他の流派には読めないので、秘儀を守りやすいとされている。

俺は古代文字も学んだので、そこそこ読める。あれは簡単な魔除けの文字だな。

すると精霊術の子が俺たちに手を振った。

「また会ったわね」

「おう、俺はトッシュ。元素術使いだ。こっちはジン」

「〇二九番でしょ。覚えてるわ」

なぜか溜息をつかれた。

「私はアジュラ。火の精霊を友とする精霊使いよ」

精霊術を興したのは八賢者の一人だったレメディアだが、レメディアの死後に高弟たちが分裂したと聞いている。

「私たち火の精霊使いたちこそが、精霊王レメディアに最も近いと自負しているわ。もちろん他の

精霊も使役できるわよ。よろしくね」

精霊王ときたか。あいつが聞いたら赤面するだろうな。

俺とトッシュが彼女に挨拶すると、アジュラは傍らの少女を紹介してくれた。

「で、こっちがナーシア。私たちと同じ第二十二期特待生よ」

「はじめまして、ナーシアだよ。古魔術ユプラトゥス学派」

ユプラトゥス……ああ、こっちも聞いたことがある。

八賢者だったユーゴの弟子の中に、そんなのがいたな。

あのクセ毛の坊や、自分の学派を興すほど成長したのか。ユーゴの裾をしっかりつかんで放さなかった、あの甘えん坊がなあ。

ユーゴもあの世かどこかで喜んでるだろう。

ナーシアの言葉をトッシュが補足してくれる。

「ユプラトゥス学派って、開祖ユーゴに近い名門だろ？　さすがは特待生だな」

「えへへ、なんか照れる……」

開祖だってよ、ユーゴ。お前も偉くなったなあ。

そのときふと、トッシュが首を傾げた。

「ナーシアって、もしかして外国人か？」

「え？」

ナーシアが一瞬、ハッと驚いたような顔をした。表情に警戒心が強い。

するとトッシュが慌てて手を振る。

「気を悪くしたらゴメンな。なんかよくわかんないけど、そんな気がして」

「あ……うん」

ナーシアは少し息を整え、それからニコッと笑う。

「ずっと南のミレンデに実家があるよ」

ミレンデといえば確か、大陸の南端にある半島だな。貿易港がいくつも集まってできた商人たちの連合国家だ。

トッシュが感心したように言う。

「国外留学か。ここって外国にも有名だからたまにあるらしいけど、お金持ちなんだな」

「まあね。うちのお父さん、貿易成金だから」

「成金って……」

「本当のことだもん」

自分で言うか。

ナーシアはフッと笑う。

「ここなら女子寮もあるから、入学してもいいって言われたんだよ」

「あ、それ私も。ここなら安心よね」

アジュラがうんうんとうなずいている。

女性が学問を学べる場所は限られている。大抵は男性が独占しているからだ。例外は医者ぐらいだが、女医は女性患者の診療しか認められていないことが多い。

そんな有様だから、マルデガル魔術学院は女性にとってはありがたい教育機関なのだろう。

そういえば、ここの生徒の男女比は半々ぐらいだ。これは例外中の例外と言ってもいい。そもそも共学の学校自体が極めて少ないし、共学でも九割以上が男子生徒なのが普通だという。

不公平な話だ。

（ふーむ）

俺はつるんとした顎を撫でながら社会的な問題について考えたが、まだ挨拶が済んでいなかったことを思い出す。

まず挨拶しとかんとな。

「俺はスバル・ジン。没落郷士の末裔だ。魔術は適当につぎはぎで覚えた。よろしく」

「つぎはぎって……」

本当のことだから仕方ない。ユーゴたちと違って、俺は魔術を専攻していなかった。

アジュラは俺をしばらくじっと見ていたが、やがて肩をすくめた。

「手の内を教える気はないいってことね。まあいいわ、秘儀は誰にでもあるものよ」

なんか隠し事ばっかりで申し訳ない。

「じゃあ私たちも夕食にするわね」

「ああ、またな」

彼女たちは俺たちに軽く手を振ると、別のテーブルに歩いていった。女の子同士で気楽に食事がしたいんだろう。

トッシュは少し残念そうに彼女たちを見送っていたが、不意にこっちを振り向く。

「なあジン、改めて見ると二人とも美人だったろ？」

「すまん、容姿はあまり見てなかった」

「お前な……」

付き合いの悪いヤツだと思うだろうけど、中身がジジイだからしょうがないんだよ。

年若いトッシュを欺いている罪悪感に胸が痛む。

なんか別の話をしよう。そうだ、情報収集だ。

「トッシュはこの学校で何を学ぶつもりなんだ？」

「え？　ああ、んー……。まあ、適当に魔法を学んで、後は就職だろ」

「就職？」

魔法と就職が俺の中で結びつかなかったので、俺は彼に問う。

「ここを卒業すると就職先があるのか？」

「知らずに来たのかよ!?　ここを卒業すれば、ほぼ確実に官吏に登用してもらえるんだ。一生安泰だぜ。勤務地が選べないとか王室の招集には応じないといけないとか、義務は多いけどな」

だったらここでは書類整理に使えそうな魔法とかを学ぶのかなと思ったが、そうなると入試の変な実技試験が謎になってくる。

ますます謎が深まってしまったが、得るものはあった。

この調子で情報を集めていこう。

こうして俺は子供たちに混ざって魔術学院に入学してしまったのだが、兄弟子ゼファーの意図はさっぱりつかめなかった。

そもそもあいつ、ここ数年はほとんど学院に姿を見せていないらしい。

弟弟子がわざわざ潜入調査に来てやったのに何やってんだ。

「もう帰ろうかな……」

俺は黒猫の使い魔・カジャを膝に乗せてあくびをする。

「ふぁー……あるじどの、やっぱりマリアム様と連絡が取れません」

魔術学院に来た直後からマリアムと連絡が取れなくなっている。

「通信妨害か？」

「いえ、念話に必要な魔力波に異状は見られません。魔力回線は全システム正常です」

「じゃあマリアム自身の都合か」

「はい。『魂の円卓』にもおられないようです」

まさかポックリ逝ったんじゃないだろうな。

「老化を研究していたあいつが、老衰でそうそう死ぬとは思えんが……」

「亡くなられたとは限りませんし、まだ何とも言えませんよ」

「そうだな」

俺はちょっと心配になり、顎を撫でながら窓の外を眺める。

「あいつは俺と同じで、人間そのものを研究対象にしていた」

「存じてます」

「あいつは個体の成長と老化を研究し、俺は人類社会を研究していたが」

「存じてます」

カジャのそっけない反応に俺は文句を言う。

「確かに何回も言ったことだが、老人の繰り言ぐらい聞いてくれよ」

「使い魔との会話は会話のうちに入るんですか？」

「いや……それは確かに微妙だが……」

こいつら自動応答する魔法装置みたいなものだからな。

だがそんな作り物の会話でも、会話すること自体に効能があることが証明されている。

「いいから年寄りの戯言も記録しておけ」

「はあ……わかりました」

カジャは極めて面倒くさそうに小さくあくびをした。

マリアムも俺も、人間を研究していた。「我々は何者なのか、そしてどこへ行くのか？」という根源的な問いの答えを求め続けている。

もっとも百年経っても答えは出ないままで、まだその問いに向き合う準備すらできていない有様だ。

「あいつがいなくなると、俺が長年の問いに答えを出しても報告する相手がいなくて困るな……」

「妹弟子が心配だって素直に言えないんですか」

「言えないいな」

歳を取ってしまうと、そういうのが言えなくなるんだよ。

マリアムの様子が少々心配ではあったが、魔術学院の中で迂闊《うかつ》な真似はできない。新入生が知っているはずのない魔法を使えば怪しまれる。

俺は彼女と再び連絡が取れることを祈りつつ、潜入調査を続けることにした。

これでゼファーのヤツまでおかしくなっていたら、俺は独りぼっちになってしまうぞ。

頼むからそれだけは勘弁してくれ。

独りは嫌だ。


そんなことを考えて怯えているうちに、二日ほど過ぎた。

「なあジン！」

すっかり親友面をしているトッシュの顔を、俺はぼんやり見る。

もうこの際こいつでもいいか。

話し相手になってもらおう。

「なんだ、トッシュ」

「おっ、最近ようやく打ち解けてきたな。魔術の腕は凄いのに、本当に引っ込み思案なんだよな」

まるで数十年来の親友のように、訳知り顔でうんうんとうなずくトッシュ。

「そろそろ一般入試の新入生も入寮してくる頃合いだ。でだな」

「女の子たちの顔ぶれでも見に行こうっていうのなら、俺は本でも読んでいるぞ」

先制攻撃を浴びせると、トッシュは見るからに情けない顔をした。

「えー、そういうのよくないぞ!? ちゃんと俺の話を最後まで聞いてくれよ」

「なんだ、違うのか」

すまん、悪いことをした。

トッシュはコホンと咳払いをして、真面目な顔をする。

「俺たちはこれから二年間、毎日一緒に勉強する仲だ」

「そうだな」

「お互いに協力し、共に成長していくことが望ましいと俺は思う」

「確かにな」

「だから、今のうちに仲良くなってもいいんじゃないかな」

「一理あるが、それなら男子生徒と仲良くなってからでもいいだろう」

俺が真顔で返すと、トッシュは溜息をついた。

「いいよいいよ、お前は昔からそういうヤツだったたな」

「お前は俺の昔を知らないだろ」

俺は退屈しのぎに読んでいる本を閉じ、机に置く。

「お、なんだ？　それ魔術書か？」

「いや、紀行文だ」

遠い土地の景色はいくらでも魔法で見られるが、旅した者の心情は魔法ではわからない。紀行文は貴重な資料だ。

だがトッシュは全く興味を示さず、手をヒラヒラ振った。

「いいよ、俺ちょっと出かけてくる」

「女子にちょっかいをかけるのもほどほどにな」

「しねーよ！」

どうだか。

＊　＊　＊

「と、いうわけでだ」

トッシュは真面目な顔をして、特待生一年のアジュラとナーシアにうなずいた。

「ジンについては相変わらず、よくわからん」

「役に立たないわね、アンタ」

アジュラが溜息をつく。

「いい？　あいつがうちの学年でトップの実力を持っているのは間違いないのよ？」

特待生試験の二次試験で、とんでもない戦闘能力を見せつけた怪物だ。

「あいつが不動の首席なら、私たちは次席以下で卒業しなきゃいけないのよ」

「まあそうだな」

「そうだなじゃないでしょ？　せっかく特待生として入学できたのに、これじゃ就職で困るでしょ？　首席とそれ以外じゃ待遇が全然違うのよ？」

アジュラとは対照的に、トッシュはあまり気にしていない様子だ。

「いやあ、あいつがずっと一位でいいんじゃないかな？　どう考えても実力が違いすぎるし、争う気にもなれねえよ」

「あんたねえ!?」

ナーシアが慌てて取りなす。

「まあまあ、ええと、ほら！　少しは何かわかったんでしょ？」

「ん？　まあな」

トッシュは腕組みして、椅子の背もたれに体を預ける。

「あいつ、暇さえあれば本を読んでるんだ」

「魔術師ならそんなもんじゃない？」

アジュラが肩をすくめたが、トッシュは首を横に振る。

「あいつ、魔術書は一冊も読んでない。読んでるのは医学書や歴史書や紀行文だ」

「……え？」

アジュラが首を傾げる。

「それ、ここの図書館のヤツ？」

「んな訳ねえだろ。俺たちまだ閲覧許可もらってねえもん。あいつが読んでるのは全部、あいつの私物だよ」

「あいつ、そんな重くて高くて役に立たないものを、わざわざこんな山奥まで持ってきたの？」

書物は非常に高価であり、どうせ買うなら魔術書を買う。

ナーシアが真剣な表情でつぶやいた。

「お金持ちなんだね、たぶん。私の実家にも本いっぱいあったよ。見せびらかすために飾ってるだけで、私しか読んでなかったけど」

「どういうこと？」

アジュラが不思議そうに首を傾げたので、トッシュが説明する。

「本ってメチャクチャ高いからな。本の詰まった本棚は金持ちの証なんだよ。頭良さそうに見えるし」

「バカみたい」

「俺もそう思う」

トッシュは溜息をつく。

「とにかくそれぐらい高価なのさ。おかげで俺の実家でも、神官全員分の教典を揃えるのに苦労してたな。毎日読むからすぐ傷むし」

「ちょっと待って。あんたの実家って、もしかして神殿？」

アジュラが怪訝そうに言うと、トッシュは胸を張る。

「前に言っただろ？　大地母神オトゥモ様を祀る由緒正しい神殿さ。俺は三男だから跡は継がないけど、かなり古くて格式あるんだぜ？」

アジュラが嫌そうな顔をする。

「あ、こいつ異教徒だ」

「トッシュってあんまり神殿の人っぽくないけど本当？　ミレンデの海神様の神殿の人は、もっと真面目だよ？」

ナーシアが疑いのまなざしを向けてきたので、トッシュは心底意外そうな顔をした。

「おいおい、見りゃわかるだろ。こんな徳の高い学生がそうそういるかよ」

アジュラとナーシアは顔を見合わせる。

「凡俗よね」

「俗物だよね」

トッシュは不満そうに唇を尖らせる。

「そういうこと言うんなら、もうあいつのこと報告してやんねえ」

「まあまあ、もうちょっといろいろ教えてくれたら、女子寮の子たちを紹介するからさ？」

アジュラがウィンクする。

トッシュは一瞬で機嫌を直した。

「ならよし！」

「そういうところが俗物なんだよ……」

ナーシアが溜息をついた。


俺が寮の一室でおとなしくじっとしている間に、新学期は着実に近づいていた。

正確には新学期はもう始まっており、一般入試の新入生は講義を受けている。彼らは初心者なので、確実に魔法を発動できるところまで猛特訓しているのだという。

だが特待生には関係ないので、俺たちは暇を持て余しているという訳だ。

明日からようやく授業が始まるらしいので、俺は少しホッとする。ここ数日、何も騒ぎを起こさないように息を潜めていたのだ。

学生食堂でも落ち着いて食事ができる。

「今日は何だか嬉しそうだな、ジン」

すっかり親友面のトッシュが、川魚の揚げ物をむしゃむしゃ頬張りながら笑う。

俺も負けずにむしゃむしゃ頬張りながら、素直にうなずいた。

「ああ。やっと講義が始まるからな」

「お前の腕前だと、もう習うこと何にもなくね……？」

トッシュが鋭すぎる疑問をぶつけてくるが、俺は軽やかに受け流す。

「この揚げ物旨いな。一切れ食うか？」

「くれ！　ありがとう！」

若返って良かったことはいろいろあるが、揚げ物をいくら食べても胸焼けしなくなったのはかなり嬉しい。

とはいえ食べ過ぎになりそうなので、こうして育ち盛りの若者にお裾分けする。

「ふははは！　ふめえ！」

「口の中に物を詰めたまましゃべるな」

こいつ、実家ではどんな食生活してたんだろう……。タンパク質と揚げ物への欲望が深すぎて、ちょっと心配になる。

だがトッシュの十代らしい元気っぷりは、見ていて気分がいい。

俺もマリアムを見習って、若い弟子の一人ぐらい取れば良かったかな。

そんなことを考えていると、背後に人の気配を感じる。

「食事の邪魔をしないでくれ」

俺が振り返らずに背後に向かって言うと、そいつらは声を出して笑った。

「おっと、随分と臆病な新入生だ！」

「ははは、まるでオドニーのピーピュだな！」

なんだオドニーのピーピュって。サフィーデの方言で話されてもわからんぞ。

俺が振り返ると、見るからに生意気そうな少年たちが上から目線で俺たちを見ていた。

「よう、新入り」

「ということは、お前らは二年生か」

これはもしかすると、軍隊などでよくある「新入りいびり」というヤツではないだろうか。

実際に経験するのは初めてだ。

「おいこいつ、全然怖がってないぞ」

「むしろ興味津々みたいな顔してやがる……」

数名の二年生たちは俺の反応が気に入らなかったらしいが、リーダー格らしいのが笑う。おかっぱ髪の、美形だが神経質そうな少年だ。

「怖い物知らずの若造だからな」

若造って……一年しか違わないのに。

ふとトッシュを見ると、さすがの彼も不安そうな顔をしている。上級生が怖いらしい。

二年生のリーダーっぽいのが腕組みして笑っている。

「その様子じゃ二次試験は相当できたんだろ？　何体倒したんだ？」

「言っておくが、この二年生首席の『火竜』スピネドールは、二次試験で五体の骸骨兵を一人で倒したんだ」

トッシュはそれを聞いただけで青ざめている。無理もない。骸骨兵は物理的な損傷に対しては強いから、破壊魔法で五体倒せるとなればそれなりの実力者だ。

「おいそこのツンツン頭、何体倒したんだ？」

「お……俺は一体……だけです」

途端に嘲笑が広がる。

「たった一体？　よくそれで特待生ヅラができるな？」

「才能ないぞお前！　今から一般生にしてもらえ！」

「うう……」

トッシュは何か言いたげだが、やはり先輩は怖いようだ。

相手が子供なのでからかわれたところで別に腹も立たないが、俺の年の離れた友人を怖がらせるのは許せんな。

「トッシュはなかなかの使い手だ。それに一体しか骸骨兵を倒していないのは、もうそれ以上骸骨兵を倒しようがなかったからだ」

「あん？」

「何だそりゃ」

俺は彼らに説明してやる。

「他の三人が一体ずつ倒した後、俺が残りの骸骨兵を全て破壊した」

一瞬、沈黙が辺りを支配する。

だが直後に上級生たちは大笑いした。

「おいおい、一人で全部倒せる訳ないだろ!?　四十体ほどいただろ？」

「今年の新入生はジョークだけは上手いな！」

「誰だよ芸人を入学させたのは！」

最初から全く信じないのは学徒としては感心しないな。何事も検証と分析だ。

だが彼らには検証も分析もするつもりがなさそうなので、俺も挑発には挑発で応じることにした。

二年生たちを見回す。

「まさかお前たち、あの程度の骸骨兵を全滅させることもできなかったのか？」

俺が真顔でそう言うと、彼らは俺を取り囲んだ。

「いい度胸だな、お前」

「おい新入生、適当なハッタリで俺たちをどうにかできると思うなよ？」

「骸骨兵ってのは一体倒すだけでも死力を振り絞るもんなんだぞ、新入り！」

骸骨兵は屍竜や鉄巨人などを召喚できないときに数合わせで仕方なく使うようなもので、そんな大層な代物じゃない。運用は百体単位で行うものだ。

まあいい。適当に丸太を何本か焼いてみせれば、彼らも納得するだろう。

「議論では解決しないようだな。では実証してみせよう」

「てめえ……」

「何なんだよ、こいつ」

上級生たちが色めきたつと、スピネドールとかいうのがニヤリと笑う。

「落ち着け」

「でもよ、スピネドール……」

スピネドールは軽く手を挙げて、級友たちの発言を遮る。

それから冷たいまなざしで俺を見た。

「それほど実力があるのなら、まさか俺との勝負から逃げたりはしないだろうな?」

その声に食堂にいた全員が振り返った。好奇の視線があちこちから突き刺さる中、俺は首を傾げる。

「勝負?」

俺がやりたいのは勝負ではなく実証なんだが、子供の相手ってやっぱり結構疲れるな。

スピネドールは俺を見て不敵に微笑む。

「そう、勝負だ。今さら後に退けると思うなよ、ガキ」

「ガキはお前だろう」

もういいや、お望みどおりにしてやろう。

俺は魚の揚げ物をトッシュの皿に移す。おちおち飯もゆっくり食えない。

そうだ、先に言っておかないと。

「手加減はあまり得意じゃないが、それでもいいか?」

「貴様……」

スピネドールがキレそうな笑みを浮かべている。自尊心をいたく傷つけてしまったらしい。

ただ俺が見た感じ、こいつもトッシュたちと大差なさそうなんだよな。

相手は子供だから安全には万全の配慮をするつもりだが、かすり傷ぐらいは負わせるかもしれない。

「で、実証だったな？　何でもいいぞ、全員かかってこい」

「勝負だと言ってるだろうが！　決闘だ！」

どっちだよ。

やたらと怒りっぽいスピネドールはそう叫び、俺を手招きした。

「こっちだ！　早く来い！」

「なんなんだいったい」

俺は溜息をつくと、食堂を後にする。

「お、おいジン!?　待てよ、俺も行く！」

トッシュは上級生たちに怯えながらも、すぐに俺の後に続いた。思ったよりも男気のあるヤツだ。

二年生たちに囲まれるようにして連れて行かれた先は、入試会場とよく似た建物だった。やはり弓術の練習場に似ている。

「ここなら多少派手にやったところで、周囲に被害が出ないからな」

ニヤリと笑うスピネドールと取り巻きたち。

確かにここなら多少は大丈夫だろう。もちろん俺が本気を出したらマルデガル城ごと吹き飛んでしまうが、食堂で暴れるよりはマシだ。

「よし、さっさとやるか」

細長いレーンをいくつも持つこの建物の構造上、やはり向かい合って魔法を撃ち合うのだろうな。

俺は射的の丸太が並べられているところまで歩いて行き、スピネドールに向き直る。

まず彼に好きなだけ撃たせてから、軽く反撃して降参させるとしよう。未来ある子供に怪我をさせる訳にはいかない。

「さあ、いつでもいいぞ」

しかしよく見ると、二年生たちの顔色が悪い。

「お、おい、お前……」

「なんでそっちに行く？」

なんだ、まだ変なローカルルールでもあるのか。

面倒くさいから早く済ませたい。

「いいから撃ってこい」

するとスピネドールが叫んだ。

「貴様、俺を舐めているのか!?『決闘』だぞ！」

決闘といえば士分にのみ許される特権だ。平民には申し込めないから士分同士でやる。

負けた士分は自害するのが作法だ。だから実際に決闘するヤツなんて俺は一度も見たことがない。

あくまでも形式的な権利だ。

少なくとも俺の故郷のゼオガではそうだったんだが、さすがに学校で生徒同士がそんな命のやり取りはしないだろう。

どうせお遊びみたいなルールで勝負するのを、大仰に言っているだけだ。

「面倒だ。早く撃て」

「いいんだな!?　本当に撃ってやるぞ貴様！」

「だから早く撃てと言っている」

向こうの方でスピネドールがカンカンに怒っているのが見えた。若い頃の俺って、こんなに目が良かったんだな。

のんびりしていると、スピネドールが詠唱を始めた。

「紅蓮の頂に住まう火竜の激怒よ、我が怒りと共に在れ！　我が掌より放たれよ、火竜の息吹！」

精霊術か。詠唱が一番かっこいいのは精霊術だな。

次の瞬間、俺めがけて巨大な火の塊が飛んできた。坊やにしては上出来だ。褒めてやってもいい。

だが魔術師同士の戦いで、このやり方はあまりにも稚拙だ。ゼファーが作った学校の生徒とは思えんな。

炎の塊は巨大だが、あくまでも威嚇だ。俺を直撃する弾道ではない。やはり人を撃つのは怖かったのだろう。

だがそれはとても良いことだ。悪い子じゃないな。

俺は微笑みながら片手を軽く挙げ、一言命じる。

「消え去れ」

「うおお!?」

「スピネドールの『火竜の息吹』だ！」

向こう側で二年生たちが騒いでいる。

「いっけええーっ！」

二年生の一人が叫んだ瞬間、火の球はフッと消えた。

火球の燃料である魔力を俺が放散させ、元の平衡状態に戻してしまったからだ。燃えるものがなければ火は消える。

「……え？」

「あれ？」

「おい、どうした？」

ざわめく二年生たち。

スピネドール自身も何が起きたのか理解できない様子で、唖然としている。

「なん……だと？」

隙だらけだ。

タロ・カジャがぽつりとつぶやく。

「なーにやってんですかね、あれは」

「魔術師に破壊魔法を投射して、まともに通ると思っているのは深刻だな」

ゼファーよ、お前らしくもない教育を施しているな。

そもそもあの火球は本当に炎をぶつけるだけなので、熱によるダメージは一瞬で終わってしまう。

肺を焼けば窒息死させられるが、それはあまりにも効率が悪い。

とはいえ、俺は殺人のレクチャーをする気にはなれなかった。

どうせなら違うことを教えてやろう。俺は声を張り上げる。

「放たれた火球は熱エネルギーと運動エネルギー、そして燃料となる魔力で構成されている。これらは全て物理法則に従う。物理法則に干渉できる敵、つまり魔術師には通用せん」

「いったい何を言っている？」

「わからんか」

魔術師は物理学者ではないが、物理に対する基本的な知識がないと高度な術を扱えない。

この程度のことも教わっていないとなると、あまり手荒なことはできんな。

「ふーむ……」

この学校の意義や生徒たちの人生について少し心配していると、向こうからスピネドールが叫んだ。

「今度はお前の番だ！　撃ってこい！」

無茶を言うな。

「危険すぎる。俺の反撃は的に撃てば十分だ」

「俺はお前に魔法を撃ったんだぞ！　お前も俺を撃たなければ公正な勝負にならんだろうが！」

別にいいだろお遊びなんだし。

とはいえ、スピネドールは真剣な表情だ。おそらく彼の面子がかかっているのだろう。あまり子供扱いするのも気の毒か。

「よかろう」

ついでだから少し教授しておくとしよう。俺のような者が魔術の教授など、兄弟子たちが見たら爆笑するだろうが……。

自分でもおかしくなりながら、俺は苦笑して印を結ぶ。

「よく見ておくがいい。火術というのは、こうやって使う」

俺が術を完成させると、スピネドールめがけて水鉄砲のように飛沫が飛ぶ。

「うわっ!?」

スピネドールは避《よ》けようとしたが間に合わず、ずぶ濡れになってしまった。

二年生たちは驚いたが、すぐに大笑いする。

「おいおい、火に対抗して水かよ!?」

「火竜スピネドールの炎が、こんなもんで防げると思ったのか!?」

しかしスピネドールだけが、何かにハッと気づいた様子だ。新しい術を放ってこない。

さすがに気づいたか。

その横でトッシュがおろおろしている。

「おっ、おいジン!? こんなんでどうやって勝つつもりだよ!?」

「火術だと言っただろ? もっとも火の魔術は使わないが」

俺はごくごく小さな雷撃を、自分のすぐ近くにパシンと落とす。

俺の足下もびしょびしょになっていたが、その水たまりがパッと燃え上がった。

「えっ!?」

「燃えた!?」

「水じゃないのか!?」

いいから黙って俺の説明を聞け。

「周辺の大気と土から元素を借りて、可燃性の油剤を錬成した。そしてこれはただの落雷の魔法だが……」

俺が指をスッと動かすと、落雷はバシバシと連続しつつ、スピネドールにどんどん近づいていく。

「うわっ、来たぞ!?」

「は、反撃しろよ、スピネドール!」

しかしスピネドールは顔面蒼白のまま、動けずにいた。

今もし彼が火の魔法を使えば、油剤でずぶ濡れになっている彼は火だるまになる。引火しない術で応戦する必要があった。

と同時に、こちらの落雷をどうにかして防がなければならない。小さな火花がひとつでも飛べば、スピネドールは黒焦げだ。

俺は彼に判断する猶予を与える為、落雷を少しずつ彼に近づけていく。

バシバシと稲妻が降り注ぎ、一直線に地面が燃えていく。炎を一瞬飛ばすだけの魔法と違い、こちらは大量の油剤が燃えている。燃え尽きるまで火は消えない。

「く、くそっ！　清き流れの乙女たちよ！　我が身を清めよ！」

スピネドールはとっさに水の精霊を召喚し、服の油剤を洗い流そうとした。

だが衣服に染み込んだ油剤が水を弾く。洗い流すには何らかの界面活性剤が必要だ。界面活性剤の精霊がいればいいのだが。

その間に落雷はじわじわ近づき、スピネドールの目の前まで炎が迫る。

「うっ、うわあぁ!?」

スピネドールはパニックを起こし、尻餅をついて悲鳴をあげた。

「待て、待ってくれ！」

俺は即座に雷撃を中止し、じっとスピネドールを見つめる。

「降参ということかな？」

スピネドールはコクコクと何度もうなずき、かすれた声で叫んだ。

「おっ、俺の負けだ！　だからもうやめてくれ！」

「わかった」

俺は魔法で生み出した生成物を消去し、辺りを完全に元の状態に戻す。

俺がスピネドールに近づいたとき、彼はまだ尻餅をついたままだった。

もうずぶ濡れではないが、股間の辺りだけ少し濡れている。あれだけは油剤ではないらしい。

俺は膝をつくと、腰を抜かしている彼に忠告する。

「魔術は真理の宝物庫を開ける鍵であり、火術もそのひとつだ。確かに武器にもなるが、それは本来の使い方ではない」

なんで俺がこんなこと言ってるんだろう。これは俺が師匠に言われたことそのままだ。

火術で誰かを殺害するつもりなら、粘着性の可燃物をぶつけてから着火した方が遥かに効率がいい。可燃物が燃え続け、継続的にダメージを与え続けるからだ。さらに炎と煙が肺を焼き、相手を窒息死させる。

だがこんなおぞましいレクチャーをする気にはなれなかった。こんなことは人として最も忌むべき行為だ。師匠も許さないだろう。

それよりも今はスピネドールのケアだ。特にその股間の染みだけはどうにかしてやらんと。

俺はポーチから白い粉の詰まった小袋を取り出した。

「生成した油剤はあらかた消去したが、少し残ってしまったようだ。すぐにこの洗剤で洗った方がいい」

俺が意味ありげに微笑むと、スピネドールはおずおずと自分の股間の染みを見つめる。

それから意外と素直に洗剤を受け取ると、俺にこう問いかけてきた。

「お前……いったい何者だ？」

「一学徒だ」

これまでもこれからも、俺は学問の徒であり続ける。

だがこの答えが不満だったらしく、スピネドールは重ねて尋ねてきた。

「教官たちより強いヤツが、この学院で今さら何をするつもりだ？」

鋭い質問だ。どうしよう。

適当にはぐらかすとまたしつこく聞かれそうだったので、俺はある程度正直に答えることにする。

「この学院がどれほどのものかと思ってな」

その言葉に二年生たち全員が、微かに恐怖の色を浮かべた。

「こいつヤベえ……」

誰かが言う。確かに子供相手に大人げないことをしましたが、そんなにヤバくないです。ちゃんと手加減したし、怪我もさせてない。

俺がそれ以上何も言わないようにしていると、スピネドールは諦めたように首を振る。そして、うなだれたまま立ち上がった。

「くそ、なんてヤツだ……」

とぼとぼ去って行くスピネドールに、二年生たちが群がる。

「おい、これでいいのかよ!?」

「あんな新入りに負けたんだぞ、お前!」

「うるさいな、ほっといてくれ!」

やさぐれて荒れているスピネドール。

「どこ行くんだよ、スピネドール!?」

「洗濯場に決まってるだろ！　ついてくるな！」

「えっ!?　あ、ああ……」

無理もない。男の子は面子が大事だからな。

負けた上に失禁したとあっては、彼の沽券《こけん》にかかわる。仲間に気づかれないうちに、早くズボンを洗濯したいだろう。

彼らが去った後、俺は溜息をつく。

「頼むからもう放っておいてほしい」

「お前、無茶苦茶するな……」

トッシュは呆れていた。


なんだかんだで講義開始前から大変だったが、俺はようやく講義初日を迎えた。

ただこの講義というのが、どうも妙だった。

「これから諸君はあの標的に対して、この砂時計が落ちるまでに一発の破壊魔法を命中させることが求められる。これは初年度の目標であり、進級試験の課題でもある」

教官が示したのは、例によって人間大の丸太だった。

距離およそ一アロン（約百m）。

砂時計の方は、落ち方を数えてみると二十拍（秒）ほど。

破壊魔法の形成と照準、それに着弾までの時間差も考慮すると、一度でも詠唱を間違えると間に合わないだろう。

生徒たちの間に微かな動揺が走るが、教官は厳しい表情だ。

「この程度で弱音を吐くなよ。この距離から六十拍で三発当てることができなければ、卒業できないんだからな」

厳しいといっても、それしか練習しないのなら二年もあれば余裕だろう。

しかし卒業の基準がやけに具体的だな。やはり何かの目的があるようだ。

この距離といい、その制限時間といい、何か思い当たる節があるのだが……。

俺が難しい顔をして考えていると、教官が俺を見た。

「さて、ここは特待生に手本を見せてもらおうか。今年の新入生がどれほどのものか見せてもらおう。首席のジン、やってみろ」

「わかりました」

今、教官の表情がちょっと変だったな。何か言いたそうな顔をしていた。

もしかして、昨日俺が上級生とトラブルを起こしたことを知っているのだろうか。

俺は少し不安になりつつも、とりあえず師匠譲りの魔法を披露する。

たまには雷撃以外もやっておくか。

俺は純粋魔力をかき集め、力場を形成する。事前詠唱しているので、必要なのは照準の微調整ぐらいだ。

一応、適当に呪文っぽいのを唱えてみせる。

「見えざる矢よ、貫け」

魔力が運動エネルギーに変換され、一直線にほとばしる。『力弾』の呪文だ。

丸太は魔力の直撃を受け、バキバキと真っ二つに折れた。見えない巨人が拳で殴りつけたかのようだ。

これは最も初歩の単純な呪文だが、熱や光といった余計なエネルギーを生まないので最も効率がいい。ただし目に見えないので、狙いをつけるのに少し慣れが必要だ。

他の生徒たちがざわめく。

「雷撃以外もあんなにうまく使えるのか……」

「砂時計がまだ半分も落ちてないぞ!?」

「しかもメチャクチャな威力だ」

ちゃんと修業すればこの域には誰でも到達できる。才能も素質もいらない。才能や素質が必要になってくるのは、術式に数学を組み込む段階からだ。俺は挫折した……。

俺は昔を思い出して苦笑しつつ、チラリと教官を見る。

教官はやはり何か言いたげな顔をしていたが、何も言わない。

俺は無言で肩をすくめてみせると、訓練場のベンチに引っ込む。課題ができた以上、今日はもう何もやることがない。

「では全員、練習を始めろ。最初はゆっくりで構わんから、とにかくあの距離に届かせろ」

教官の言葉に、生徒たちは呪文の詠唱を開始する。

「くっそ……どうしても届かねえ」

「途中で消えちゃうよ」

みんな、どうすればいいのかわからずに苦労しているようだ。

魔法の投射はあまり射程を長くできない。破壊魔法は特に難しい。要求される熱量が大きい上に、ごく短時間で威力が落ちてしまうからだ。1／4アロン（約二十五m）も飛ばせれば上出来の部類だ。

その四倍の一アロンも飛ばすには、呪文の上手な組み合わせと基礎魔力の底上げが必要になる。

この学院で初めて魔法を習った一般生たちは、まだ魔法の発動すらおぼつかない。入学前の初期研修で基礎は習ったらしいが、あんな距離まで魔法を飛ばすのはとても無理だろう。

だからみんな涙目になっている。

しかし教官は声を張り上げる。

「根性出せ！　無理だと思うから無理なんだ！」

俺だって最初の一年ぐらいは無理だったぞ。

みんな射程を伸ばそうと必死になっていて、多少はうまくいっているようだ。

一方で、普段よりも射程が短くなってしまった生徒もいる。

「何をやっている、ユナ！」

「ご、ごめんなさい！」

泣きそうな顔をしている女子生徒がいた。かわいそうに。ユナというのか。

特待生試験では見なかった顔なので、一般試験専願で入学した子だろう。つまり魔術の初心者だ。

「気合いが足りないから届かないんだ！」

「は、はいっ！」

歯を食いしばり、詠唱を始めるユナ。

だが初心者だから、フルパワーで二発は撃てない。二発目はへろへろの火の球で、手元から離れた瞬間に消えてしまった。

教官の怒号が炸裂する。

「そんな気合いで敵に勝てるか！」

敵？　ふむ、敵か……なるほどな。読めたぞ。

それよりもこの指導方法、だいぶ問題があるな。俺はつぶやく。

「気合いや根性でどうにかなるなら、こんな学院は必要ないだろう」

魔術も剣術や水泳術のように肉体を使うから、本人の精神状態によって結果がかなり変わる。

だから気持ちを奮い立たせることにもそれなりに意味はあるが、それ以外の指導をしないのは教官失格だ。

俺のつぶやきが聞こえたのか、教官が振り向く。

「なんだ、ジン？　不満でもあるのか？」

「いえ」

不満はあるが、彼は学院が教官として正式に認めた人物だ。こいつに文句を言う暇があったら、ゼファーに直接言った方がいい。責任者は責任を取れ。

しかし反抗の意志を感じ取ったのか、教官は険しい顔をして俺を睨みつけてくる。

「ジン。お前の魔術の腕は確かだ。だが、それと教えることとは全く違う」

「そう思います」

優秀な魔術師が優秀な導師とは限らない。むしろ修業中につまずいたり悩んだりした人の方が、細やかな指導ができる気がする。

すると教官は俺にこんなことを言った。

「まだ不満そうだな。じゃあお前がこいつを指導してみろ。うまくいかなければ、二度とクソ生意気な態度を取るな。わかったか？」

「俺がですか？」

「そうだ。首席の実力を見せてもらおうか」

おいおい、大人げなさすぎるだろう。

「詠唱時間を気にしなければ簡単ですが……」

「だったらそれでやってみせろ！」

「では詠唱時間は考慮しない、ということで」

準備に時間さえかけられるのなら、どうにでもなるな。

俺はユナに歩み寄ると、その肩に触れて魔力を回復してやった。ただし彼女が扱える魔力量が少ない。撃てるのはおそらく一発分だ。

でも一発あれば十分だろう。

「ユナ。準備に十分な時間をかけられるなら、君にもあの距離は狙える」

俺は腰を少し屈めてユナに目線の高さを合わせると、彼女にゆっくり言った。

「君は魔法の射程を伸ばすことに集中して、大事なことを忘れている」

「大事なこと？」

「そう。『速さ』だ」

たぶんこれじゃ絶対にわからないと思うので、俺は説明を重ねる。

「君が生み出す火球は、わずか二拍程度で消滅してしまう。その間に標的に当てなければ、どれだけ射程を伸ばそうとしても無意味だ。消えるまでに当てないといけない。わかるかな？」

「は……はい」

真剣な表情でこっくりうなずくユナ。いい表情だ。この子は成長する。

少し専門的なことも説明しておこう。

「魔法を遠くに飛ばす場合、『時間』と『距離』という二つの要素は重要だ。時間が経てば魔法の効果は自然消滅するし、魔法を遠くに飛ばせば魔力を余計に消耗する。これはわかるな？」

「わかると思います」

ユナがこくこくうなずいたので、俺もうなずき返す。

「到達距離が四倍になれば、所要時間も四倍に増える。必要な魔力は十六倍だ」

「そんなに」

「ああ。だから基礎魔力が少ないうちは気合いや根性ではどうにもならない」

俺は教官の方をちらりと見る。教官は露骨に不快そうな顔をしていた。お前も聞いとけよ、若造。

俺はユナに向き直ると、具体的な方法に言及する。

「今回、『距離』は変えられない。だから『時間』の方を短くして魔力を節約しよう。少し制御が難しくなるが、この距離なら電撃の魔法がいいだろうな」

「でもジンさん、私は電撃をうまく飛ばせなくて……」

「心配ない。そのためにも準備には時間をかけよう。魔法とはいえ、しょせんはただの放電現象だ」

魔法によって生じた現象や物質は、魔法の完成後は通常の物理法則に従う。電撃も同じだ。

だから電撃の通り道の空気をイオン化しておけば、高い確率でそっちに放電する。

俺は彼女の教本にペンで呪文を書き足す。イオン化の呪文だ。

「まず電撃を正確に導くために、前方を指さしながらこれを唱えてみよう。これは電撃の通り道を作る呪文で、魔力をほとんど使わないから大丈夫だ。その後、いつも通りに電撃の呪文を唱えるといい」

「わ、わかりました」

表情をキュッと引き締めたユナが、ゆっくり確かめるように詠唱を始める。

「アイレ……ヴィーカ……エリン……」

不完全ではあるが、空気がイオン化してきたように見える。といっても魔力の流れで判断しているだけなので、イオンが見えている訳じゃない。

心配だからもう一回唱えてもらおうか。

でも自信を失わせないように。

「そう、その調子だ。とてもいい。念のためにもう一回重ねてみようか」

「アイレ・ヴィーカ・エリン……」

二回目の詠唱はスラスラ出てきた。いい感じだ。

そしてユナは電撃の呪文を長々と……たぶん規定時間の三倍以上詠唱し、最後に稲妻を放つための一節を叫ぶ。

「ティジト・ユン・シュドヴォーカ！」

青白い光が炸裂し、その場にいた全員が目を背ける。

「うわっ!?」

標的の丸太には、表面に黒い焦げ痕もできていた。どうやら軽い損傷を与えたらしい。

長々と詠唱した割には威力が微妙だが、ユナは完全な素人だ。ぶっつけ本番でこれだけできたのなら上出来だろう。

「で……できちゃった……。うわあぁ……」

放心気味のユナに、俺は声をかける。

「凄いじゃないか、一発で成功したぞ。君はいい魔術師になる。俺は初めてのとき、師匠のローブを焦がして叱られたからな」

俺が心から賛辞を送ると、ユナが目を輝かせて俺を振り返った。

「あ、ありがとうございます、ジンさん！　ジンさんのおかげです！」

「やったのは君だよ。そんなことよりも大事なのは、魔法の修練に必要なのは根性じゃない。知識と工夫だ」

電撃の呪文は制御が難しいが、とにかく速いので時間による減衰がほとんどない。文字通り雷光の速さだからな。

制御に関しては空気をイオン化することでクリアした。

うまくいって良かったが、あんまり喜ぶ訳にはいかない。これは標的が動かない上に、いくらでも時間をかけられるからこそできた芸当だ。

「実戦で使いこなすにはもっと練習が必要だが、とりあえずこれで課題は達成できたな」

これはイオン化した空気が動いてもダメなので、極めて限定された状況でしか使えない方法だ。

通り道に電気伝導体……要するに誰かの鎧だの血溜まりだのがあってもダメだ。生身の人間も電気をよく通すので邪魔になる。

まあでも、根性根性と喚いて生徒を疲弊させるよりは多少マシだろう。

俺は教官をチラリと見た。彼は悔しそうな表情をしている。

そこは悔しがるところじゃないだろう。今は教官の面子なんかよりも、もっと大事なことがあるはずだ。

だから俺ははっきり言ってやる。

「あなたにとっても、良い勉強になったのではありませんか?」

「くっ……クソ生意気なヤツめ……」

だから今はそんなこと気にしてる場合じゃないんだってば。気持ちはわかるけど。

こうして俺は、講義初日から教官とトラブルを起こした。確か潜入調査のはずなんだけどな。やっぱり俺は賢者なんかじゃないと思う。

教官と初日から衝突していたら、案の定妙な雲行きになってきた。


翌日、俺たち新入生は講堂に集められる。講堂に立っているのは、三十代ぐらいの男性教官だ。昨日の若い教官とは違う。

「俺は二十二期主任教官のエバンドだ。二十二期生の諸君は、この栄えあるマルデガル魔術学院で魔術を学び始めたばかりだな。中には少しばかりの魔術を振りかざし、得意げになっている者もいるようだが……」

見てる。俺を見てる。物凄く敵対的な目で俺を見ている。

主任教官は俺を睨んだままだ。

「お前たちに使える魔術など、たかが知れている。今一度気を引き締め、謙虚になることだな」

全くその通りなので、俺は深くうなずいた。

反省しまくる俺だが、教官はまだ俺を見ている。

「諸君の中には、この学院の実力に疑問を感じている者もいるようだ。だが諸君らの力など児戯《じぎ》に過ぎない。特待生首席のスバル・ジン」

何なんだ。

「はい」

俺が立ち上がると、主任教官はフフンと俺に侮蔑の笑みを向けた。

「少しばかりの魔術で思い上がっているお前に、真の魔術師の力を思い知らせてやろう。全員、隣の訓練場に移動しろ」

本当に何なんだ。

昨日スピネドールと勝負した訓練場には、二年生の生徒たちが実技の練習をしていた。訓練場には一学年分の面積しかないので、俺たちは空いているレーンに無理矢理割り込む形になる。

「おい見ろよ、一年どもだ」

「あいつだろ、首席のスピネドールを打ち負かしたって新入生は」

「うわ、エバンドだ。あの一年生、厄介なのに目をつけられたな」

どうやらこの主任教官、生徒の評判はすこぶる悪いらしい。

そして俺はそんな主任教官の横に立たされる。

「昨日は二年生首席と決闘したそうだな、お前？」

「軽いじゃれ合いです、主任教官」

本当の魔術師の戦いは、あんな単純なものではない。

目の前にいる相手を仕留めるために、防御や陽動のために膨大な数の術式を組む。使い魔も総動員して森羅万象を操り、その戦いは複雑怪奇を極めるのだ。

はっきり言って殴った方が早いので、場合によっては剣や杖でガキンガキンやり合いながら術式を組んだりする。

すると主任教官は薄く笑いながらうなずく。

「そうだな。交互に撃ち合うなどお遊びに過ぎん。魔術師の戦いは速さにある」

お、その通りだ。なんだ、割とまともな魔術師じゃないか。見くびって悪かったな。

そして主任教官は杖を手にすると、早口で何かを唱えた。

「キシュリシュシュルルッ！」

次の瞬間、空中にボッと火の塊が生まれる。火の塊は一瞬で消えたが、生徒たちは驚いていた。

「今の見たか!?」

「詠唱が速すぎて聞こえなかったぞ!?」

だが俺はこの詠唱に聞き覚えがあった。

「なんだ、短縮詠唱？」

「ほう、今のが短縮詠唱だと気づいたか。大したものだ」

そんな大したもんじゃないだろう。

トッシュが不思議に思ったのか、こそこそと質問してくる。

「短縮詠唱ってなんだ、ジン？」

「呪文の詠唱には省略しても構わない部分があり、そこを音便で短く切り詰めて時間を短縮する技術だ」

俺の説明にみんなが驚いたようにうなずいている。トッシュも興味津々だ。

「すげえな。あんなに早く詠唱を完成させられるのか」

「いや、そんなお薦めできるようなものじゃないぞ……」

俺が説明しようとしたのを、主任教官が邪魔する。

「これでわかっただろう。お前と俺では勝負にならん」

「そうですね。勝負にもなりません」

正直がっかりした。短縮詠唱はずいぶん古い技術で、師匠がこの世界に魔術をもたらしたときに一部で流行した代物だ。師匠はとても嫌がっていたな。

しかし主任教官は勝ち誇った表情をする。

「おやおや、特待生首席も大したことがないな？　だが俺と勝負してもらうぞ。これは授業の一環だ」

「そうですか、では手短に済ませましょう」

また破壊魔法対決かよ。

俺が軽く溜息をつくと、主任教官の表情が変わった。

「なんだと？」

「早撃ち勝負でもするんですよね？　早く終わらせましょう」

「俺が短縮詠唱を修得していると知って、まだやるつもりか？」

「短縮詠唱では良くて二割程度しか短縮できませんから」

主任教官が杖をへし折りそうな顔してる。

「だったらお前は、マルデガル魔法学院一年主任教官のこの俺を……短縮詠唱の使い手である俺を、打ち負かせるというんだな?」

「はい」

何でもいいから早くやらないか。

「いい度胸だ。思い知らせてやる」

主任教官は顔を真っ赤にして、訓練場に響き渡る大声で怒鳴った。

「今から俺とこの愚か者が、同時に詠唱を開始する! 先に術を完成させ、標的を撃ち抜いた方の勝ちだ!」

二年の特待生たちがそれを聞いて薄く笑っている。

「あいつもこれで終わりだな」

「ああ。エバンドのヤツ、性格は最悪だけど詠唱だけはメチャクチャ速いからな」

ただスピネドールだけは真顔で、じっと俺を見つめていた。何か言いたげな表情のまま、無言で俺を見つめている。

俺は主任教官に向き直ると、条件を確認する。

「先に撃てばいいんですね?」

「そうだ。使う呪文は何でもいい」

俺には事前詠唱という切り札がある。詠唱なしで術を完成させられるのだが、別にそんなものを使わなくても普通に勝負して勝つ自信があった。

俺と主任教官は並んで立ち、向こうに置かれている丸太を狙う。やたらと丸太を消費する学校だな。なんなんだここは。

主任教官は俺を睨みながら、銅貨を一枚取り出す。

「では、このコインが石畳で鳴った瞬間から詠唱開始だ。いいな？」

「わかりました」

俺がうなずくと、銅貨が宙を舞った。石畳に落ちて、チャリンと鳴る。

即座に主任教官が高速詠唱を開始した。

「キシュルリルルッシュシュ！　シュスギュル……」

遅い。遅すぎる。

「ディ・エルゴ・ダー」

俺は三単語で呪文を完成させた。

落雷の魔法が完成し、丸太の直上で炸裂する。丸太は黒焦げになった。

振り返ると、主任教官はようやく火の球を完成させたところだった。これから投射を開始するのだろうが、いささか遅い。

主任教官は唖然としている。掌の火球が消えるが、それにも気づいていないようだった。

「お、お前……今、何を……？」

「二重詠唱です」

音便を使って詠唱を省略する『短縮詠唱』と違い、『二重詠唱』はひとつの呪文にふたつの意味を持たせる。

例えば『トウモエヨ』という呪文があったとしよう。

これは「疾《と》う萌えよ」とも読めるし、「十、燃えよ」とも読める。

植物の生育を早める呪文と十ヶ所まとめて発火させる術が、同時に使えることになる。

実際にはそんなものを同時に発動させても持て余すことが多いだろうが、こういった感じで単語を組み合わせ、一度の詠唱で二つの意味を持たせるのが『二重詠唱』だ。

二つの術をまとめて完成させられるので、複数の手順が必要な投射系の術などでは高速詠唱より圧倒的に早い。破壊魔法を唱えつつ、照準を合わせたり身を守ったりできる。

俺は今、「放電を起こす呪文」と「放電発生地点を遠くにする呪文」を同時に唱えた。ひとつの呪文に両方の意味が備わっていたからだ。

その結果、わずか三単語で遠く離れた標的に雷撃を当てることができた。これは二重詠唱の中でも、最も完成された呪文のひとつだ。

主任教官は唇を微かに震わせ、ぺたんと尻餅をつく。

「二重詠唱……それも単語にひとつの無駄もない、完全二重詠唱だと!?　は、初めて見た……」

だとしたら、主任教官とやらの肩書きも大したことはないな。

しかし妙だ。

この魔術学院の創設者である兄弟子のゼファーは魔法なら何でも得意なので、即興で二重詠唱を使いこなす。俺にはとても真似できない。

さらにゼファーは三重詠唱の構文も作っていて、俺も教えてもらった。使える状況がかなり限られるが、非常に強力だ。

俺たちの師匠に至っては魔法装置を使って単語を総当たりで組み合わせ、十七重詠唱などという狂気の領域に踏み込んでいた。

もっともこれは魔法装置の演算能力を検証するのが目的であり、開発された呪文にほとんど実用性はない。

何にせよ、ゼファーの学校で二重詠唱を教えていないのはつじつまが合わない。破壊魔法を素早く投射するなら、二重詠唱ぐらいは教えないと話にならないだろう。

あいつは何を考えている？

そもそもあいつ、まともに学校やる気あるのか？

考えるべきことが増えた俺は、尻餅をついたままの主任教官に向き直る。

「大事な用ができました。講義は早退します」

俺は主任教官に一礼すると講堂に戻る。時間の無駄だ。

一年と二年の生徒、つまり全校生徒が俺を見ている。

「あ、あいつ、主任教官より詠唱が速かったぞ！」

「なに？　二重詠唱？」

「あんな速さで詠唱できるのなら、この学院で習うことなんか何もないだろ!?」

「一年首席のジンだっけ？　あいつ何者なんだ？」

教官が知らないことは生徒も学べない。

予想以上にこの学校のカリキュラムは深刻だぞ。十代にとって二年という歳月は貴重だ。それを預かる以上、もっときちんと魔術を教えなくては不誠実だろう。

何とかしてゼファーの居所を突き止めて、真意を問いただそう。


こうして俺は上級生や教官たちに睨まれ、面倒くさいヤツとして疎まれることになった。

はずなのだが。

「あれが特待生の実力か……」

「俺、あいつが入試のときに丸太を黒焦げにするのを見たぞ」

「あ、見た見た。凄い稲妻だったよね」

「雷撃の使い手なのか……」

「まるで神話の雷帝だな……」

他の新入生たちがヒソヒソと会話しているのが、俺にも聞こえてくる。変な話だが、どうも一部では尊敬されているらしい。

教官と勝負して勝ったのが、十代の子供たちに受けたようだ。

あんまり格好いい話じゃないんだけどな。

それにしても居心地悪いな。聞こえないふりをしておこう。

「なあ、見ただろ!?　あれが特待生四人の中でも最強の『雷帝』ジンの実力さ！」

おい。おい、トッシュ。

お前、何を口走っているんだ。

トッシュは誇らしげに胸を張ると、聞こえないふりをしている俺を指差す。

「あいつは特待生二次試験で、骸骨兵のほとんどを一人で殴り倒したんだぜ！　魔法だけじゃない、格闘術も達人なんだ！」

「それ、本当なの？」

違うから。俺の武術は嗜《たしな》み程度だから。

「ああ、俺は見たぜ！　不思議な格闘術だった！」

ただの組み討ち技だ。魔術師たちが知らないだけで、士族なら国や時代を問わずだいたい使える。

俺の家は郷士だったから、槍術・剣術・具足術・水泳術・馬術など、戦場で必要になる技は一通り嗜んでる。

国ごと滅びたけど。

師匠に拾われてなかったら、俺もあのときに野垂れ死にしていたはずだ。


『危ういところじゃったな』

『お姉ちゃんは誰……？』

『わしか。わしは旅の学者じゃよ。それよりもおぬしの身内はおらぬのか？』

『父上たちは俺たちを逃がす為に戦って……』

『よし、わかった。周辺を探索して散り散りになった者たちを救出しよう。おぬしの力が必要じゃ』

『そうじゃ。余所者のわし一人では、誰も信用してくれまい？』

『俺の……力？』

あのときの優しく頼もしい笑顔を、俺は一生忘れないだろう。

あの日の師匠に、俺は少しでも近づけただろうか。

「ジンの魔力と武術は底知れないからな！　みんなも見ただろ？　特待生の四天王でもぶっちぎりの強さなんだ！」

トッシュはそろそろ黙れ。

あと四天王って何だ。お前も入ってるのか、それ。

俺が昔を思い出している間に、あのお調子者はぺらぺらと余計なことをしゃべりまくっていたらしい。

「特待生二年筆頭のスピネドールも、ジンには全く太刀打ちできなかったんだ。ジンの強さは桁外れだぜ」

特待生だろうが二年だろうが、みんな同じようなもんだよ。全員未熟者だ。

もちろん俺も。

「なあジン？」

やめろ、俺に振るな。

「あっ、おい!?　ジン!?」

「自習する」

いたたまれなくなった俺は立ち上がり、こそこそと講堂を抜け出したのだった。


マルデガル魔術学院には立派な図書館があり、生徒はいつでも利用することができる。俺たちも正式に一年生になったので、やっと図書館に入る許可が下りた。

本、特にまともな内容の本は貴重品だから、なかなか触らせてもらえない。

調査は図書館から始めよう。講義の方は内容があの水準だし、教官に目をつけられてしまっただろうからやりづらい。

しかし閲覧を始めた俺は、またしても失望することになる。

「蔵書の水準が低い……」

立派な装丁の書物が多数あったが、中身はあんまり立派ではなかった。

まず、内容が魔法関係に偏りすぎている。物理学や医学や歴史学の本がほとんどない。

その魔術書にしても、中身はお粗末なものだった。

カジャが書物の情報を読み取りながら、不満そうにつぶやいている。

「あるじどの。この一冊だけでも五百七十七ヶ所、保持している情報と食い違ってるんですけど
……上書きしますか？」

「ダメに決まってるだろう。記録しなくていい」

俺たちの師匠が、この世界に魔法の概念をもたらして三百年。そこから少しは発展しているかと思ったが、まるで進歩していない。

「この有様ではリッケンタインたちも浮かばれないな」

最初の弟子である俺たち八人のうち、リッケンタイン、レメディア、ユーゴの三人が元素術・精霊術・古魔術の開祖となった。

三人とも、師匠の伝えた高度な魔法を当時の人々にわかりやすく伝えようと必死だった。

「リッケンタインたちがわかりやすさを重視したせいで、魔法の水準はだいぶ低くなってしまったようだな」

「そのようですね、この粗末な魔術書を見た感じだと」

「それでも、少しずつ発展させていけばいいと、三人は未来に期待をかけていたのだが……」

だが悲しいことに、彼らの弟子たちは先人の技術を踏襲するだけで全く発展させていないようだ。理論の研究などはほとんど行われておらず、いかに「偉大なる先達の技を継承するか」ということを重視している。

「定型の偏重、開祖の神格化、閉鎖的な派閥……これでは衰退する一方だ」

師匠や仲間たちが目指した、開放的で学究的な学問の世界とは縁遠い世界だ。この調子だと、あと千年経っても何も進歩しないだろう。

「カジャ。まともな書物がないか検索してくれ。処理優先度は下の方でいい」

「はぁい、空いてる処理能力でやっときます」

「うむ」

俺は悲しい気持ちになり、革張りの魔術書を書架に戻す。

室内を見回すが、閑散としていた。長い黒髪の女子生徒が一人、窓際でダルそうに本を読んでいるだけだ。

教官にいたっては一人もいない。

「教官がおらんな」

「そのようです」

カジャの返事が適当なのは、空いた処理能力を蔵書の確認に充てているからだろう。

「こんな蔵書でまともな研究ができるとも思えんが、それはそれとして教官たちは勉強してるのか？」

「さあ……」

人に何か教えるには、教える内容よりも上の知識が必要になる。教える内容が次の段階でどのように役立つのか、それを知らずに教えることなど不可能だからだ。

「師匠が常々言っていたことだが、師となる者は弟子の何倍も知識を持っていなくてはいけないそうだ」

「不便ですね、人間の学習って」

「そうかもしれんな。それゆえ師自身が研鑽《けんさん》を怠っていると、いずれ弟子に何も教えられなくなる日が来る」

弟子は成長するからな。俺たちのように。

それなのに、ここの教官たちは全く勉強している様子がない。ここがまともな学校でないことだけは、もはや疑いの余地もない。

だがゼファーほどクソ真面目な学徒が、こんなお粗末な学校を作るだろうか？

仮にあいつが悪の道に踏み込んでしまったとしても、目的達成のために最も効率的な手段を選ぶはずだ。師匠の先進的で効率的な指導方法を使わないはずがない。

「正門前での襲撃といい、ゼファーではない『誰か』がいるな」

「誰です、それは？」

「少なくとも生徒ではあるまい。おそらくは学院の上層部だ」

この学院に留まる以上、そいつとはいずれ戦わねばならない気がする。

おおかた兄弟子の不始末だろうから、ここは俺が軽く掃除してやろう。

俺はカジャを肩に乗せたまま、深い溜息をついた。

「いかんな」

「いけませんか」

「うむ」

どうも最近、調子が良くない。

素性を隠して様子を見に来たのに、何もかもが思うようにいかない。

「前から思っていたんだが、どうして俺が『隠者』なんて呼ばれていたんだ？」

「世俗と関わらない人をそう呼ぶのでは？」

「まあそうだが」

隠者ならもう少し隠遁《いんとん》というか隠密というか、ひっそりと潜むような行動ができてもいいと思うんだが……。

「少々目立ちすぎた感がある」

「目立ちたくなかったのなら、もう少しやりようがあったんじゃないですか？」

「まあそうだが」

おかげですっかり学院の問題児になってしまい、寮にいればトッシュが押しかけてくるし、講義に出れば教官たちと衝突する。

「当面、空き時間は図書館で過ごすか……」

ここも退屈な場所だが、人気《ひとけ》がほとんどないのがいい。他にいるのは見知らぬ女生徒が一人だけだ。

「しかし本当にロクでもない蔵書だな」

立派な革張りの本で、書名は箔押しだ。見た目のハッタリは効いている。肝心の中身は初歩的な魔術理論なので、特に読む必要がない。

これでも蔵書の中ではまだマシな方だ。

本はどれも古く、保存状態もいろいろだった。適当にかき集めてきた感じがする。

どうせ没落した貴族や商人から買い取ったんだろう。彼らは装丁が立派なら、中身は何でもいいのだ。

　カジャが首を傾げている。

「なんでこんな無価値な情報を書物にする必要が？」

「本は高価だし、理解するには相応の教養を必要とする。『本をたくさん持っている』という状態が、資産と教養の証明になるのだ」

　カジャは少し考え、それからぼそっとつぶやく。

「……つまり実用上の意味はないってことですか」

「そうだ。実質的には無教養の証明でもあるな。愚かなことだ」

　その程度の需要しかないから、書物の中身もたかが知れている。

　人間の虚栄心についてカジャに説明しても良かったが、使い魔が人間の心理を深く理解すると危険なので割愛する。

　俺は溜息をつき、窓際の席に腰を下ろした。

「この学校は本当にいかんな」

　教官は素人臭く、蔵書も寄せ集め。学びの場としては最低と言ってもいい。

　いっそ図書館ごと焼き払ってしまえば……などと、不穏な考えが脳裏をよぎる。帰りたい。

「お前もそう思わないか？」

　俺が声をかけたのは、向かいに座っている女子生徒だ。先日も見かけたが、長い黒髪と切れ長の目が印象的な少女だ。

するととき彼女が俺をじっと見つめ、おもむろに口を開く。

「いつから気づいてたの？」

俺はもう一回溜息をつき、正直に答えてやる。

「最初に見たときからだ、マリアム」

「今は『マリエ』よ、ジン」

俺と同じ「三賢者」である魔女マリアムは、十代半ばの少女の姿で俺をじっと見ていた。

「よく私だとわかったわね」

馬鹿にしてんのか。

「入門した頃の年格好で、髪型まで同じじゃないか。気づかない訳ないだろ」

するとマリアム……いやマリエは艶やかな黒髪を撫で、フッと微笑む。

「あら、覚えていてくれたのね。光栄だわ」

それにしてもいつの間に学院に潜入してたんだ、こいつ。しかし妙に可愛いな。

マリエは本を開いたまま、こう告げる。

「あなたの悪巧みが楽しそうだったから、私も若返って潜入してみたのよ」

「お前ってヤツは……」

優等生ぶってるかと思えば、たまにメチャクチャな悪ふざけをするな。昔からだけど。

マリエは俺の表情がおかしかったのか、クスクス笑う。そんなところも昔と同じだ。

「でも若返りの術には時間がかかるから、さすがに特待生試験には間に合わなかったわね」

しばらく音信不通だったのはそのせいか。肉体を作り替えている期間は、ほとんど身動きできないからな。

「だがせめて一言ぐらい連絡しろよ」

「潜入中だから連絡は最低限にしろって言ったのは、あなたでしょう？」

確かに言ったような気はするけど。

俺は不毛な議論をやめて、もっと有意義な質問をすることにした。

「特待生試験に間に合わなかったということは、お前は一般生か」

「そうよ」

でもこいつ、講堂にいたっけ？　見覚えがない。

俺の疑念を理解したのか、マリエはちょっと得意げな……新弟子時代によく見せた表情をした。

「ゼファーに見つからないように魔法で印象を変えていたのよ。そのゼファーが学内にいなかったから拍子抜けしたけど」

「なるほどな」

「それよりあなたまで私に気づかなかったのは、ちょっと許せないわね」

急に不機嫌そうになるマリエ。こいつは昔からややこしい性格をしているので、扱いが難しい。

怖いから弁明しておこう。

「魔法で隠蔽されてしまうと、探すつもりで観察してないと気づかないだろ？　それにお前、昔と比べて……」

そこまで口にしたところで、ちょっと言いよどむ。

マリエが首を傾げる。

「昔と比べてどうしたの？」

「いや……」

「何よ？」

恥ずかしくて言えない。

昔見ていた頃よりも、今のマリエはとても可愛かった。

何で俺はあのとき、マリエの可愛さにきちんと気づいていなかったんだろう？

復讐に夢中だったからか？

「シュバルディン？」

「今はジンだ、ジン」

俺は小さく咳払いして、マリエの問い詰めるような視線から逃れる。

「あー……それにしても、この学院は問題だらけだな」

俺は腕組みしつつ、窓の外の景色を眺める。

「ここでは毎日毎日、破壊魔法の投射ばかり練習させている。数学や物理学はもちろん、魔術の基礎理論も教えない」

するとマリエは思案するような表情になり、ぽつりとつぶやく。

「まるで魔法発射装置の製造所ね」

「まさにそんな感じだ」

「でも何のために、そんなことをさせているのかしら？」

俺は言うべきか悩んだが、妹弟子に隠し事をする必要もない。

「もしかすると、戦争に使う魔術師を養成しているのかもしれないな」

「戦争？　それは確信を持っているの？」

マリエ……いやマリアムは俺の過去を知っている。

俺は説明を続けた。

「この学院で二年間修業しても、できるようになるのは破壊魔法の投射だけだ。戦闘しかできないが、一人ではとても戦えまい。だが一兵卒としてなら戦えないこともなかろう」

「確かにそうね。魔法で身を守るすべを学ばないから、一人では狼一匹狩れないでしょうね」

俺やマリアムなら、城を丸焼きにできるような巨大な火竜でも倒せる。実際倒した。

だがそれは状況に応じて様々な魔術を選択し、効率的に組み合わせることで初めて可能になる。

ここの生徒たちでは何もできないうちに、火竜の放つ炎の息吹で消し炭にされてしまうだろう。

俺の言葉にマリアムはうなずいたが、彼女はまだ悩んでいる様子だ。

「戦争で祖国を失ったあなたは、戦争が人一倍嫌いよね？　冷静に判断できている自信はある？」

「確かに戦争は嫌いだが、それで判断が歪んだとは思っていないぞ。ちゃんと根拠はある。師匠の『書庫』を開こう」

俺はそう伝え、精神集中を開始した。

俺とマリエの意識は『魂の円卓』へと移っていた。肉体はマルデガル魔術学院の図書館に置いたままだが、意識は実在しない空間に存在している。

八人分ある席のうち、俺たちはそれぞれの席に腰掛けた。

「この学院の妙な訓練を見て思ったのは、『火縄銃』との奇妙な共通点だ」

目の前の暗闇に、火縄銃の映像が浮かび上がる。付随して射程や威力などのデータも表示された。

師匠が残してくれた知識の保管庫である『書庫《アーカイブ》』には、様々な事物の記録が集積されている。この映像もそのひとつだ。

「サフィーデの隣国、ベオグランツでは火縄銃の生産が盛んだ」

「あなたの故郷ね」

「故郷があった場所だな。俺はベオグランツ人じゃない。それよりも話を続けよう」

俺の祖国ゼオガはもう存在しない。帝国に占領され、ゼオガ人は散り散りになった。

「数年前にベオグランツについて情報収集したときには、皇帝直属の軍団が銃士隊をせっせと増強していた。おそらく今はかなりの規模になっているはずだ」

次に暗闇に浮かぶのは、火縄銃を装備した歩兵たちの隊列だ。

銃兵たちは横一列に並び、斉射で敵を打ち倒す。即座に次の斉射。

敵の長槍隊がばたばたと倒れ、無敵を誇る槍衾《やりぶすま》も隙間だらけになって戦闘力を喪失する。

槍衾が崩れると、銃兵たちは火縄銃に取り付けられた銃剣で突撃した。短いとはいえ、これも槍と同じ武器だ。

敵味方が入り乱れる乱戦になると、長槍隊は強さを発揮できない。残った敵兵は慌てて逃げ出した。

俺はその映像を見つめながら、話を再開する。

「火縄銃の有効射程、つまり殺傷能力と命中を期待できる距離はおよそ一アロン（約百m）だ」

「この学院でも、一アロン先の標的を撃たせてるわね」

「そうだな。もっとも火縄銃の場合、近づけば近づくほど命中率と威力が高くなるので、半アロンぐらいの距離で撃ち合うことも多いようだが」

「それは……生きた心地がしないでしょうね」

「同感だ」

俺はうなずいた。

「そして火縄銃の装弾にかかる時間は、熟練兵でおよそ二十拍（秒）。この学院で与えられる課題では、いずれもこれより早く撃つことを意識している」

「火縄銃兵を仮想敵とした、軍事訓練ってこと？」

マリエは少し考え込んでから、疑問をぶつけてきた。

「でも火縄銃は装填《そうてん》に時間がかかる上に、数を揃えるには高価だわ。そんなに恐ろしいものなの？」

「恐ろしいとも。あれは戦争を変えてしまう武器だ」

俺は自信をもって断言した。

「まず威力が尋常じゃない。射手の筋力や技量に関係なく、銃弾は甲冑を易々と貫く。手足に当たろうが十分に致命傷になる。まともな治療ができない戦場では、まず助かるまい」

俺は虚空に浮かぶ火縄銃の映像をくるくる回しながら、溜息をついた。

「一方、火縄銃の命中精度と連射速度は大したことがない。だが戦争のような集団戦になれば、狙って当てる必要はない。的は数十人から数百人単位の集団だ。隊列に向かって撃ち込めば誰かに当たる」

「ずいぶん大雑把ね」

射撃場では冷静な兵士でも、自分が攻撃に曝される戦場ではどうしても手元が狂う。だからこれぐらい大雑把に考えておいた方が実戦的だ。

俺は説明を続ける。

「この銃弾の雨が生み出す致死性の空間には、槍を持った歩兵ではどうにもならない。かといって騎兵や弓兵では割に合わん」

「あら、そうなの？」

「弓兵も騎兵も訓練に時間がかかる。特に騎兵の場合、軍馬の調達と維持も容易じゃないぞ」

「ああ、馬は高いわよね」

「軍馬は戦闘訓練が必要だから特にな……」

俺の実家は郷士だったが、さすがに軍馬はいなかった。普通の馬ならかろうじていたが。

そんな具合だから、敵の銃兵と戦わせているといずれ補充が追いつかなくなる。

「一方、銃兵は補充が簡単だ。弾込めだけなら一日で習得できる。銃は非常に高価だが、死体から回収すればいいからな」

銃さえ回収できれば、次の戦闘までには新米銃兵になって戻ってくる。

俺がそんな話をすると、マリアムは眉をひそめた。

「高い威力と、取り扱いの容易さ……つまり兵の補充の簡単さが脅威なのね」

「そうだ。もちろんサフィーデも傍観している訳じゃないだろう。だからその一環として、戦場で使える魔術師を育成しているんじゃないかと俺は考えた」

俺は次に周辺国の地図を表示した。

サフィーデは周辺を険しい山に囲まれているが、ベオグランツとの国境地帯だけは平原だ。つまりベオグランツは他国と違い、サフィーデに容易に侵攻できる。

「サフィーデは小国で、騎兵や弓兵を多数維持する財力はない。かといって火薬や銃を揃えようにも、やはり金が足りない。ベオグランツと違って、硝石《しょうせき》の輸入ルートを持ってないしな」

硝石は火薬の主原料だが、乾燥地帯でないと採掘できない。糞便から化学的に作る方法もあるが、かなり時間がかかる。

「あなたって世俗とは距離を置いているくせに、ずいぶんと世俗の事情に詳しいのね」

「だてに放浪してないさ。この百年、ずっと旅暮らしだ」

おかげでゼファーの異変に気づけなかったのだが、それはまあいいとしよう。

するとマリアムがふと首を傾げる。

「確かに魔術師なら何の道具もなしに、身ひとつで戦えるわね。だからこの学院で、二年間の訓練で兵士にしているの？」

「問題はそこなんだ」

俺は頭を掻く。

「正直、二年間もかけて育成したんじゃ割に合わない。銃兵ならここの生徒より強い兵を一日で育成できる。消耗戦になると兵の補充が追いつかないんだ。ベオグランツ軍の銃士隊には対抗できないんだよ」

「じゃあ何のために、こんな無駄なことをやってるの？」

当然の質問に、俺は肩をすくめるしかなかった。

「合理的な理由が見つからないときってのは、だいたい非合理的な理由が存在している。人間の組織というのは往々にして、本来の目的を見失う」

「その辺りはあなたの専門ね、シュバルディン」

マリエは納得したようにうなずき、それからこう言った。

「私は政治や軍事には詳しくないけれど、あなたがそこまで言うのなら信じるわ。それでゼファーの目的が魔法を使う兵士の養成だとして、これからどうするの？」

「もちろん、そんなことはやめさせないとな。無駄だし」

魔術師を戦争に活用するなら、情報や土木や衛生といった裏方仕事がいい。特に通信は魔術師の専売特許だ。この世界にはまだ電信技術が存在していない。

だから俺はこう言う。

「俺は戦争などするべきではないと思うが、どうしてもやるというのなら無駄なくやるべきだと思う。その方が死人が少なくて済む」

マリエが苦笑した。

「具体的にはどうするの？」

「ここの教官どもをぶちのめしたところで無駄だろうしな……」

軍事が絡んでいるとすれば、この流れの源流は学院の外にある。王室が絡んでいる可能性が高い。

しかし俺は王室に何のコネもないし、向こうも俺の話なんか聞いてくれないだろう。

だからまずはゼファーの野郎を引っ張り出す必要があった。

「なあマリアム」

「なに？」

「何をしたら、あの馬鹿な兄弟子を引っ張り出せると思う？」

「そうね……」

マリエは顎に指を添えて考える仕草をして、にっこり笑った。

「あの人、計画を狂わされるのが一番苦手よね。計画を狂わされ続けたら、修正のために自ら赴くでしょう」

「さすがにあいつの計画とは思えんが」

ゼファーは魔術の研究以外、ほとんど何も考えていない。戦争なんかに興味ないだろう。

しかしマリエはますます楽しげに笑う。

「だったらなおさら遠慮はいらないんじゃない？　ゼファーの学校で彼の意に沿わない事態が進行しているのなら、むしろ感謝されてもいいわね」

完全に本気の口調で笑っている妹弟子に、俺は念のために確認しておく。

「それってつまり、俺が暴れるってことか？」

「ええ。ここの教官たちをぶちのめしてあげればいいんじゃないかしら。あの程度で人に物を教えようなんて、不遜にも程があるわ」

「おいおい」

相談する相手を間違えた気がする。

後悔する俺とは対照的に、マリエはとても良い笑顔だ。

「ちょうどいいじゃない。教官たちからはとっくに睨まれてるんだし。いっそ、この学院をメチャクチャにしてあげなさいな」

「気安く言ってくれる」

いかんな、ちょっとワクワクしてきた。

さて、このマルデガル魔術学院をメチャクチャにするといっても、どうしたものか。

物理的にメチャクチャにするだけなら、今すぐにでも終わる。この山城を改装した学校は、地図から綺麗さっぱり消え去るだろう。山ごと。

もちろん生徒や職員に被害を出す訳にはいかないし、生徒たちの将来のこともある。メチャクチャにするといっても、綺麗にメチャクチャにしなければならない。

こういうとき、俺は師匠から教わったやり方を実践することにしている。


『最も弱い者が安心して暮らせる世の中であれば、全ての者が安心して暮らせる世の中になるはずじゃ』

『本当にそうなの？』

『無論、そうとも言い切れぬ場合もあるじゃろうがな。とはいえ、この考え方は役に立つ。強者のみが安寧を得られる世では、皆が強者になろうと力を求めるであろう。これでは強者になっても安堵はできまい』


師匠のあの笑顔、今にして思えばきっと過去に何かあったんだろうな。子供だった俺にはわからなかったから、聞けずじまいだ。

師匠の言動の端々からは、苦労を重ねた人物特有の優しさと翳《かげ》りがあった。

それはそれとしてだ。

「トッシュ」

「どした？」

俺の寮の部屋で勝手にくつろいでいるトッシュに、俺は声をかけた。

「アジュラとナーシアに声をかけてきてくれないか。食堂で勉強会をしようと思うんだ」

「勉強会か」

トッシュはちょっと面倒くさそうな顔をしたが、すぐに笑顔になる。

「ジンと一緒に勉強できるなら、ここの教官どもから習うより役に立ちそうだな！　いいぜ、すぐに呼んでくる！」

やっぱり、そういう反応になるか。

俺が教官たちの面子をボコボコにしたので、今年の新入生たちは教官をあまり信頼していないようだ。

本来は最も良くない状態なのだが、今回はこれを活用させてもらおう。

トッシュが出て行った後、カジャが虚空から現れて質問してくる。

「あるじどの、何を始めるつもりなんです？」

「この学院で最も立場の弱い者といえば、やはり生徒たちだ。俺は一人の大人として生徒たちを守らねばならん。そのためにはまず正しい知識だ」

窓枠に着地したカジャが首を傾げる。

「でも全員、赤の他人ですよね？」

「赤の他人を守って何が悪い」

戦火に逃げ惑う幼少期の俺を守ってくれたのは、異世界から来た赤の他人だったぞ。

俺が食堂に行くと、すぐに特待生仲間のアジュラとナーシアがやってきた。彼女たちは男子寮には入れないから、勉強会はここでやるしかない。

「なんか、ジンが勉強会やるって聞いたんだけど……」

火の精霊術を使うアジュラが、怪訝そうな顔をしている。

古魔術使いのナーシアも、不思議そうな顔をしていた。

「急にどうしたの、ジン？　トッシュにひどいことされた？」

「してねえよ!?　お前ら、俺とジンとで信用度に差がありすぎないか!?」

「自業自得でしょ」

アジュラはトッシュに笑いかけた後、俺に真面目な顔を向けてきた。

「それで、どんな勉強会？　魔術よね？　歴史とかだったらさすがに帰るわよ？」

「魔術じゃない。熱力学という学問の話だ。破壊魔法の取り扱いには必須の知識だが、帰りたければ帰っていいぞ」

無理強いはできないからな。

アジュラは唇に指を添えて「う～ん」と悩んでいたが、最後に大きくうなずく。

「ま、特待生首席の雷帝さんが主催してくれるんだから、参加しとかないと損よね。いいわ、その熱力学ってのを聞かせて？」

「私も興味あるかな。魔術に役立つんだよね？」

ナーシアが尋ねてきたので、俺はうなずいた。

「もちろんだ。これを学べば呪文の適切な選択ができ、効率的に敵と戦える。本来の実力以上の力を発揮できるだろう」

魔法で引き起こした現象といえども、術者の手を離れた後は物理法則に従う。炎は弱まり、稲妻は導電性の高いものへと導かれ、石弾は放物線を描く。

物理法則を知らずに熱や運動といったエネルギーを扱うことはできない。

俺は食堂のテーブルの上に置かれている燭台から、ろうそくを一本失敬した。魔術学院の建物には魔法の照明が使われているので、燭台は非常灯だ。

「ではまず破壊魔法の力の根源について、ろうそくを例にしながら考えてみよう。ろうそくに火を灯すと炎が生まれるだろう?」

俺が指をパチンと鳴らす……のが実は苦手なので、それっぽい仕草をすると、ろうそくにポッと火が灯る。

「この炎は破壊魔法の炎と違って、すぐには消えない。アジュラ、なぜだかわかるか?」

すると火の精霊術師であるアジュラは当然のように答える。

「ろうそくが燃えてるからね。燃料がなくなるまで燃え続けるでしょ」

「そう、その通りだ。ろうそくという燃料があるから、この炎は消えない」

俺はろうそくを手にしたまま説明を続ける。

「この炎は二つの力を持っている。『熱の力』と『光の力』だ。どちらも火の利用には不可欠の力だな」

「そうね、火こそ万物の根源だもの」

アジュラが誇らしげに胸を張る。

それはちょっと違うような気もしたが、説明を先に進めさせてもらおう。

「話を簡単にするために、ここでは『熱の力』だけに注目しよう。『熱の力』の源は、ろうそくにある。ろうそくが燃え尽きれば、炎が消えて『熱の力』も生まれなくなる。ここまでは別に不思議じゃないだろう？」

俺が尋ねると、一同はうんうんとうなずいた。さすがに特待生になるだけあって、みんな理解力が高い。

「この炎の『熱の力』は、無から生じたものではない。ろうそくの中に最初からあっただけで、それが炎という形で取り出されただけだ」

「さっきから当たり前の話ばっかりだな」

トッシュが早くも退屈そうにしているので、俺は意地悪な質問をしてやる。

「なら質問だ、トッシュ。ろうそくが燃え尽きた後、『熱の力』はどこにいく？」

「え？　あー……うん？」

トッシュは腕組みして少し考え込んだ後、こう答えた。

「そりゃ消えちまうだろ。ろうそくも炎もなくなって、『熱の力』もなくなる。当たり前じゃん」

「ところが、そうじゃないんだ」

ここが大事なポイントなので、俺はぐっと身を乗り出す。

「もし百万本のろうそくを燃やせば、さすがに部屋の中は暖かくなるだろう？　それと同じように、一本のろうそくの炎も部屋の空気を暖める。『熱の力』は消えていないんだ」

「いやでも、さすがに一本じゃ部屋の空気は暖まらないだろ」

トッシュの言い分ももっともだが、俺は首を横に振る。

「体感できないだけで、ほんのわずかにだが室温は上昇している。力は決して消えない。見えなくなっただけで、この世界を永遠に巡り続けるんだ。見えないものを無視しちゃいけない」

「ふーむ……」

お、トッシュが真面目に考えてるぞ。

「だったら質問していいか？　百万本のろうそくで部屋を暖めた後、火を消すとそのうち部屋はまた寒くなるよな？　百万本分の『熱の力』はどこにいったんだ？」

「壁や窓から外に逃げていく。部屋という小さな系で考えずに、屋外も含めた大きな系で考えれば、『熱の力』は消えていない。平衡状態になるために散っていっただけだ」

ふと気がつくと、ナーシアが熱心にメモを取っていた。紙には部屋とろうそくが描かれ、太い矢印が何本も引かれている。熱エネルギーの移動を表しているのだろう。

「なるほど……うん、そうか……」

ナーシアは顔を上げて、目をキラキラさせた。

「ジン、すごい！　この話とっても面白いよ！　もっと聞かせて！」

アジュラとトッシュが顔を見合わせると、俺に曖昧な笑みを浮かべてみせる。

「ええと、そうね。すごく……なんか、火が……神聖でアレだから」

「お、おう！　熱いよな！」

こいつら大丈夫かな……。


こうして俺は、とりあえず特待生の残り三人を巻き込むことに成功した。トッシュたちは毎日、俺の拙い講義を聴いてくれている。

といっても彼らは魔術師であり、物理学者ではない。必要なのは一般教養程度、数式を用いない範囲での知識だ。

そもそも俺自身が数学とか物理とかよくわからんので、難しいことは教えようがなかった。

「俺たちは最近、ジンの勉強会に毎日参加してるんだぜ！」

お調子者のトッシュは、頼まれもしないのに他の生徒たちに自慢しまくっている。あいつの口の軽さはどうかと思うが、今回ばかりは頼もしい戦力だ。

『あるじどの、これ本当にあるじどのの目的と合致した行動なんですか？』

カジャがひっそりと念話で質問してきたので、俺はうなずく。

『そうだ。教官たちでさえ知らない知識を生徒たちに与え、力関係を逆転させる』

学院はメチャクチャになるだろうが、生徒たちは魔術師として成長するはずだ。破壊魔法を扱うにしても、教官たちよりよっぽど強くなれるだろう。

トッシュたちはその最初の一歩という訳だ。

ただひとつ、トッシュには大きな問題点があった。

講堂に集まっている一般生の連中が、疑わしそうな表情で言う。

「それ本当なの？」

「トッシュはすぐ適当なこと言うからな……」

同じ特待生にもかかわらず、トッシュは新入生の間でも信用が低かった。

すると特待生の一人、アジュラが口を開く。

「心配ないわ。そいつが言ってることは本当よ。私もナーシアも参加しているもの」

「うん。魔術の奥義を教わってるんだよ」

それは違うけど、まあいいや。

さすがにアジュラとナーシアは信用されているので、一般生たちが互いに顔を見合わせる。

「四天王筆頭のジンの勉強会か……」

「魔術の奥義って、どんなことを教えてもらえるんだろ？」

みんなの視線が俺に突き刺さってくる。

俺は講堂の隅でおとなしく読書していたが、ちらりと顔を上げた。

「破壊魔法を効率的に操るために必須の知識、熱力学の基礎だ」

するとマリアム……いやマリエが、すかさず口を挟む。

「じゃあここの教官たちは、そんな必須の知識も教えてくれないのね？」

ナイスアシストだ、妹弟子。

マリエの言いようはだいぶひどいが、教官たちの知識は確かに浅い。破壊魔法の投射以外、ほとんど何も知らないようだ。

そのせいで破壊魔法の実力も低い。あれじゃ火縄銃相手に戦っても勝てないだろう。

火縄銃に勝てない魔術師から戦い方を教わっても、やはり火縄銃には勝てない。ここの卒業生が戦場に赴くことになれば、大半が戻ってこられないだろう。それは避けたかった。

生徒たちの未来と命を守るためなら、教官の面子ぐらいなら粉々に破壊しても構わないだろう。

一方、自分の発言が真実だと証明されたトッシュのトークが止まらない。

「ここの教官の講義なんかクソさ！　それに比べたらジンの勉強会は本当に凄いんだぜ！　特に魔力に余裕がないヤツは、エネルギー保存の法則ぐらいは絶対に知っといた方がいいって！」

特待生と違って、一般入学の生徒たちは扱える魔力の量に余裕がない。程度の差こそあれ、みんな初心者レベルだからだ。

最初はみんな顔を見合わせていたが、やがて一人の女子生徒が声をあげた。

「あっ、あのっ、ジンさん！　その勉強会、私も参加できますか？」

ユナだ。魔法の射程が足りなくて四苦八苦していたが、ちょっとした手ほどきでいきなり射程を伸ばした子だ。素質がある。

学ぶ意志と能力のある者を拒絶なんかしたら、俺の師匠に叱られるからな。

「歓迎するぞ」

俺がうなずくと、マリエも挙手した。

「私もいいかしら？」

「もちろんだ」

こいつ、タイミングを見計らってたな。

一気に二人の生徒が参加を希望したので、他の生徒たちもおずおずと挙手する。

「ええと、それじゃ俺もいいかな……？」

「あ、じゃあ私も」

「参加していいのなら俺も頼むよ」

全員の能力を把握している訳ではないが、こうなったらまとめて面倒みよう。

「誰でも歓迎するが、そんなに面白い勉強会じゃないぞ？」

なんせ地味だからな。


新入生は数十人いるので、寮の食堂で全員まとめて教えるという訳にもいかない。さすがに邪魔になるし、二年生が黙っていないだろう。

そこで三つの流派、元素術・精霊術・古魔術のそれぞれに分けて勉強会をすることにした。

例えば元素術はこうだ。

「元素術は最も物理学に近い魔術だ。自然科学の知識があることを前提にしているから、おそらく最も難解な流派になっていることだろう。それだけに応用の幅は広く、最終的には最も強力な魔術を行使できるようになる」

俺は元素術の祖となったリッケンタインを思い出す。

「元素術の奥義を究めるには、高度な数学の知識が必要になる。数学が苦手な者は今のうちに精霊術か古魔術に転向するか、数学の特訓をした方がいい。ただし俺は数学がさっぱりわからんから聞くな」

お前の魔術はクソ真面目すぎて敷居が高いんだよ、リッケンタイン。


そして精霊術の場合はこうなる。

「精霊術は難解な魔術をわかりやすい四つの属性に分け、系統ごとに精霊という個性を与えたものだ。直感的に魔術を扱える」

リッケンタインの難解な指導法ではなかなか弟子が増えなかったので、焦れたレメディアが作った流派だ。

個々の事象を「精霊」というキャラクターに置き換え、性質や注意点を「火の精霊たちは凶暴で飽きっぽい」とか「水の精霊たちは悠長だが面倒見がいい」といった感じで理解させている。

もちろんそれは科学的な態度とは少し違うが、レメディアは「とにかく普及させなきゃ話にならないでしょ」と言っていた。

また属性を示す「地・水・風・火」が物質の状態を示す「固体・液体・気体・プラズマ」と対応していたりと、とにかく科学と魔法の融合に苦心した流派だ。

たまに無理矢理なこじつけがあったりもするが、「この精霊はそういう性格だから」で強引に乗り切っている。

「精霊術師たちは並行して自然科学を学び、精霊たちの本質についてより深い理解を得ていけばさらに強力になれるだろう。精霊たちは自然現象であり、付き合いが長くなったからといって甘やかしてくれる訳ではない。それを肝に銘じてくれ」


最後に古魔術だ。

「古魔術は、魔術言語の組み立てによって力を行使する。本来の難解さでは元素術と同じようなものだ」

古魔術は祭礼や祈禱に用いられていた古い言葉で魔法を使う。

これらの言語は一般の人々にとって親しみがあり、さらに神聖で神秘的とされる。文化的な下地がある訳だ。

だからこの方法なら人々に受け入れられると創始者のユーゴは考えたらしい。実際、三大流派のひとつとして広く普及した。

「元素術を理系の魔術とすれば、古魔術は文系の魔術だ。数学を一切必要としない画期的な魔術だが、その代わりに複雑な文法をマスターする必要がある」

ただ、既存の信仰や文化と密接に関係している言語だけに、創始者の神格化も激しかった。そのせいでユーゴは各地で聖人として崇拝されている。

「現在の古魔術は、『聖典』と称される古典魔術書の暗誦に重きを置いている。だがあれは聖典ではなく教本だ。少なくとも創始者ユーゴは構文の作例として著述している」

古魔術の教本は、例文の単語を少し入れ替えるだけで無限のバリエーションが生まれる。教本の例文を神聖化し、暗誦ばかりしているのはもったいない。どんどん新しい呪文を作るべきだ。

「ユーゴや高弟たちを神格化せず、彼らの遺した呪文をどんどん作り替えてみるといい。文法を守っている限り、危険なことは決して起きないからな。古魔術は世界の真理と対話するための言語なんだ」


三つの流派はアプローチの方法が違うだけで、目指しているものは同じ。真理の探究だ。

魔術とは「真理の宝物庫に入るための手段」に過ぎない。合鍵を作って忍び込んでもいいし、窓を破って押し込んでもいいし、壁を粉砕して乗り込んでもいい。重要なのは結果だ。手段ではない。

リッケンタインたちはこの考え方を「盗賊の理論」と呼んでいた。

そんな話をしていくと、生徒たちは意外にも熱心に話を聞いてくれた。

「まじかよ、リッケンタインってそんなこと考えてたんだ」

「精霊王レメディアにそんな意図があったなんて知らなかったわ。でもそれ本当？」

「ユーゴ導師の聖典がただの教本だったなんて、先生は教えてくれなかったぞ？」

本当も何も、本人たちから直接聞いたんだから間違いないんだよ。

するとマリエが当たり前のような顔をして言う。

「ジンは賢者シュバルディンの後継者だから、言うことに間違いはないわ」

「えっ!?」

俺と他の生徒たちが同時に声をあげた。

マリアム、いやマリエ、お前は何を口走ってるんだ。

生徒たちがざわめいている。

「シュバルディンって、ゼファー学院長と同じ『三賢者』の一人だろ?」

「『聖者』ゼファー、『隠者』シュバルディン、『魔女』マリアム。みんな有名だよね」

「シュバルディンだけは弟子を取らずに、世界中を探索してるって聞いたけどな」

意外と知られてるんだな、俺。

ていうか、ゼファーのどこが「聖者」なんだ。

やがて生徒たちは俺を見て、深くうなずく。

「でもジンのメチャクチャな強さを考えたら、むしろ『三賢者』の弟子でない方がおかしいよな」

「ああ、さすがは四天王筆頭だぜ」

さすがに事実を全部話す訳にはいかないし、かといって全部ごまかすのも難しい。

この説明なら俺の知識に信憑性を与えつつ、俺がシュバルディン本人ではないということにできる。ちょうどいいだろう。

マリエが『念話』を使って話しかけてくる。

『この方が都合がいいんじゃない?』

『言われてみればそんな気もするが』

でもこれなら、いっそのこと「俺がシュバルディンだ」って言ってしまった方が早い気もするな……。


こうして俺は寮の食堂で毎日毎日みんなに熱力学や魔術史などを教えていたが、寮の食堂にはもちろん二年生もいる。

そしてやっぱり、彼らは俺のことを忘れていなかった。

「おいジン、楽しそうだな」

精霊術派の一年生相手に勉強会をしていると、二年の特待生たちがまたやってくる。

筆頭のスピネドールはいない。さすがに彼は俺と争うことの無謀さを理解したのだろう。

他の特待生二年生たちは、俺たちのいるテーブルを取り囲んで威圧してくる。主に俺ではなく、他の一年生たちをだ。

「お前ら一般生が何やっても無駄なんだよ」

「卒業しても地方の徴税官ぐらいしか就職がねえのにさ」

「ここの教官になれるのは、俺たち特待生だけだからな」

俺は何が何だかよくわからなかったので、特待生のアジュラを振り返る。

「あいつら何を言っているんだ？」

「もしかしてあんた、何も知らずに特待生やってるの？」

「うむ」

「あのね……」

アジュラは額を押さえてから、溜息まじりに教えてくれる。

「マルデガル魔法学院の教官は、特待生の中でも特に優秀な者を選抜しているのよ。特待生は多い年でも十人ぐらいしかいないけど、その中で教官の採用試験を突破できるのは一人か二人。狭き門なの」

なるほど。卒業後の地位という、生々しい利権が絡んでいる訳か。

ここは王室直轄の学院なので格式はかなり高い。教官職はそれなりの社会的地位と名誉、そして安定した高収入を意味しているのだろう。

優れた魔術師や研究者を確保するにはそれなりの待遇が必要なので、そのことには何の問題もない。

ただ、ここの教官はあんまり質が良くない。ゼファーが集めたとはとても思えなかった。どうも何か事情がありそうだな。

それはそれとして、今は目の前の二年生たちを何とかしよう。

とはいえ相手は子供だし、穏便に処理したい。

などと考えていると、彼らは一年生たちに狼藉《ろうぜき》を始めた。

「お前らが精霊術を勉強しても、スピネドールには絶対に勝てねえよ」

「無駄だから諦めてパイでも食ってな！」

「ほらよ、先輩からの差し入れだ！」

挽肉のパイをノートの上にべちんと叩きつけ、大笑いする二年生たち。

俺の脳裏に、過去の記憶がフラッシュバックする。

グランツ族の大軍に故郷のゼオガを奪われ、山奥に逃げ込み、着るものにも食べるものにも事欠いて震えていた、あの流浪の日々。

もし師匠が助けてくれなければ、俺たちはみんな凍死か餓死だっただろう。あのときは腐りかけの芋を生のまま子供たちに与え、大人たちは芋の蔓をかじっていたのだ。

あの日の俺がこのミートパイをもらえたら、インク汚れなど気にせず喜んで食べただろう。

それを粗末にしやがって。

見た目は若くても俺は年寄りだから、こういうのには神経質になってしまう。

「ほらどうした？　早く食わないとノートが読めなくなるぞ？」

「はっはっは！　おいよせよ、インクがにじんでるのに食えるかよ？」

彼らには指導が必要だ。

それもかなりキツめの指導が。

俺はゆっくり立ち上がると、二年の特待生たちをじっと見つめる。

「お前たち」

「な、なんだ？」

さすがに俺には警戒しているのか、二年生たちが全員身構える。

潜伏賢者は潜めない
～若返り隠者の学院戦記～
漂月
えいひ
初回版限定
封入
購入者特典
特別書き下ろし。
天空のお茶会
～マリエの乙女心～
※『潜伏賢者は潜めない～若返り隠者の学院戦記～』を
お読みになったあとにご覧ください。
EARTH STAR NOVEL

天空のお茶会 ～マリエの乙女心～

ここはマルデガル城の上空。

私は今、浮遊円盤の上でシュバルディンと二人きりでお茶会をしている。ここならトッシュたちにも邪魔されない。

愛用のティーセットをテーブルに並べ、とびきり美味しい茶葉でとびきり美味しい紅茶を淹れる。

あれだけ手伝ったんだから、今日は私と静かな時間を過ごしてもらうわよ。

あなたは昔から放浪してばかりで、全然落ち着きがないんだから。

いつも通りの雑談をしていると、シュバルディンが不意に笑う。

「これからは俺たち、もっと仲良くしような」

「そうね！」

予想外の言葉に、思わず声が弾んでしまう。三百年も乙女心に気づかなかった朴念仁が、どんな心境の変化かしら。

すると彼は笑顔のまま、こう言った。

「三人だけの弟子だからな」

「だから……」

やっぱり朴念仁だった。そこは「三人」じゃないのよ。

これも若い頃に冷たくしすぎた報いかしら。あの頃はあなたが怖かったから、いろいろ酷いことをしてしまったわ。とにかく距離を置きたかった。

でも大人になってわかったの。

私が怖かったのは、あなたの復讐心や突飛な行動ではなかった。

怖かったのは自分自身の心。

私の内に芽生えた未知の感情を、あの頃の私は受け入れることができなかったから。

気づいたときにはもう老境で、何となく言い出せずじまいだったわ。

そんなことを考えていると、シュバルディンが真顔になる。

「可憐だな」

「え？」

どういうこと？　私の聞き間違い？

「お前の今の姿だよ。しわくちゃ婆さんだったときも美しかったが、今の姿も神秘的なぐらいに美しい」

「え？　なに？　それはどういう……？」

こういうときってどうするのが正解なのかしら。

お礼を言うべき？　笑顔で？　それとも真面目に？　どちらも正解のような気がするけど、どちらかを選ぶのが怖い。こういうときの「正解」は、魔術書には書いてない。

混乱している私にシュバルディンが追い打ちをかけてくる。

「内面の美しさが外に出てるんだよ。お前は昔から無愛想だったが、学びに対する真摯な姿勢は一貫していたし、自分の内なる規範には極めて忠実だった。凜としていたな」

「な……」

これ心臓に悪いわ。若返ってなかったら、老いた心臓が止まっていたかもしれない。

私はかろうじて平静を取り戻すと、頬杖をついた。そうしないと床に崩れ落ちてしまいそうだったから。

それからシュバルディンを正視しないよう注意

して、かろうじて切り返す。

「あ……あなたと一緒だと、やっぱり落ち着かないわね」

「すまんな」

どうやら私の心をさんざんかき乱したことは、よくわかっていないらしい。

やがて用意した紅茶もすっかり冷め、茶菓子も残り少なくなった。夕陽が山の稜線に沈もうとしている。

「さて、ぼちぼちお開きにするか」

シュバルディンが立ち上がり、私は名残惜しい気持ちでうなずく。

「そうね」

夕陽に照らされた兄弟子の横顔は、あの頃のまま。

まなざしはまるで抜き身の刃……それも鎧徹しの短刀のように、飾り気がなくて鋭い。真顔になると少し怖く感じられるのも、あの頃のままね。

でもよく笑う。笑うと野の花のように可憐ですらあった。

「どうした？」

首を傾げるシュバルディン。

今なら誰にも邪魔されないし、三百年物の想いを伝えてしまおうか。彼はきっと拒まない。そんな気がする。

いや、どうだろう。よくわからない理由で拒絶されそうな気がしてきた。

どっちかしら？　試すのは怖い。

「おい、マリエ？」

「なんでもないわ。寮に帰りましょう」

私は澄まし顔を作って、頰にかかる髪を払う。

また言えなかった。

誰か「正解」を教えて……。

俺は小皿サイズの浮遊円盤を召喚し、ノートの上のミートパイをそっと置く。インク汚れは魔法で綺麗に分解した。研究者には必須の術だ。

「食べ物を粗末にするな」

「はぁ？」

二年生たちが怪訝そうな顔をすると、口々に叫び始める。

「何言ってんだ、お前？」

「今はそんなこと問題にしてねえんだよ！」

こいつら家庭でどんなしつけを受けてきたんだ。魔術師以前に人としてダメだろ。

俺はこいつらを殴りたい衝動に駆られたが、大人として最低限の節度を保つ。

「もう一度だけ言う。食べ物を粗末にするな。このパイはお前たちが食べろ」

「だからそれ、インクついてたじゃねーか。食える訳ねえだろ」

じゃあしょうがない。俺は彼らに宣告する。

「だったら力尽くでも食わせるが、それでいいな？」

この言葉を、彼らは宣戦布告と受け止めたようだ。

「おもしれえ！」

「この人数相手に勝てると思ってんのかよ！」

すかさずアジュラとマリエが一年生たちを避難させる。

「あー、それじゃみんな端に寄っとこうね。すぐ済むわ」

「そうね。みんな、私の後ろでしゃがんで」

マリエが面倒みてくれるのなら安心だな。

俺は二年生たちに告げた。

「ではいくぞ」

パイを投げた二年生の肩をつかむと、そのまま足払いで引き倒す。故郷ゼオガに伝わる武術「具足術」だ。本来は戦場で敵将の首を捕るのに使う。

「うわっ!?」

驚いたことに、この二年生は単純な足払いに全く対処できなかった。

彼が受け身も取れずにひっくり返りかけたので、俺は慌てて肩をつかんで引き寄せる。頭を強打するところだった。危ない危ない。代わりに背中を強打してくれ。

「やりやがったな！」

他の二年生たちが叫ぶが、どういう訳か殴りかかってこない。

怖がっているというよりも、素手での喧嘩のやり方がわからないようだ。そんなことってあるのか。

邪魔してこないのならどうでもいいので、俺はこいつにパイを食わせることにする。仰向けにひっくり返った二年生の上体を膝で押さえつけ、俺は浮遊円盤からさっきのパイを取ろうとした。

だが次の瞬間、俺は動作を中断して防御呪文を展開する。背後から火の球が飛んできたからだ。

もちろん初級の術なので、こんなものは容易に防げる。ただし殺傷能力は十分に高い。生身の人

間なら大火傷を負って死ぬ威力だ。

炎の球が散った後、俺は魔法を撃ってきた二年生を怒鳴りつけた。

「何をやっている！　ここは学びの場だぞ！」

学校の中で殺人事件が起きるところだったぞ。しかも足下の同級生を巻き添えにするところだった。無茶苦茶だ。

だが二年生たちはおろおろしているだけで、まるで反省していない。

「お、おい、魔法が弾かれたぞ!?」

「そんな訳あるか！　もう一発くらわせてやれ！」

まだやる気か。ここは寮の食堂だぞ。自分たちが何をやっているのかわかってないのか？

剣術でも弓術でも、それを使って良いか判断する基準は入念に教え込まれる。考えなしに使えば仲間を殺傷してしまうからだ。

だがこいつらは魔術を学んでいる癖に、そんなことも判断できないらしい。

俺はもう怒ったぞ。

「この馬鹿者共があぁっ！」

気づいたら俺は全員を床に投げ飛ばしていた。

途中、何度か魔法を撃たれた気がするが、頭に血が上りすぎてよく覚えていない。とにかく俺は無傷だ。

一方、二年生たちは全員ひっくり返ったままうめいていた。

「い、いてえよぉ……」

「骨が！　骨が折れた！」

「腕が動かねえ……」

ぐちゃぐちゃうるせえ。

俺は床をバァンと踏み鳴らし、彼らを一喝する。

「手加減してやったからどこも折れとらん！　だが、お前らに魔術を学ぶ資格はない！」

こいつらが戦場に出たら、味方の兵士や一般市民にまで危害を加えかねない。魔法をぶっ放すこと以外、本当に何も教わっていないようだ。

こりゃまずいぞ。早くこの学院をぶっ壊さないと。

だがその前に、最低限のけじめはつけてもらおう。

俺は無傷の浮遊円盤からパイを取り、最初の二年生に突き出す。

「食べなさい。インクは除去してある」

ノートにパイを投げつけた二年生は顔面蒼白のまま、ガタガタ震えながらパイを受け取った。歯の根が合わないのかカチカチと音を立てつつ、パイを四苦八苦しながら飲み下す。

俺は彼の目を真正面から見て、しっかりと諭す。

「食べ物を粗末にしてはいけないし、他人の勉強の邪魔もしてはいけない。わかったな？」

「は……」

カチカチと歯の音を立てながら、二年生がうなずく。

「はひ……」

「よろしい」

俺は他の二年生たちをじろりと睨む。全員無傷だが、真っ青な顔をしていた。

「お前たちもわかったな？」

全員がコクコクと必死でうなずいていた。これ以上怖がらせても教育的意味はないだろうし、今日はこれで放免してやろう。

するとそこに、特待生二年首席のスピネドールが静かに歩いてくる。

「ス、スピネドール！」

二年生たちは慌ててスピネドールにすがりつくが、スピネドールは静かに言った。

「これでわかっただろう？　二年生首席の義務としてお前たちに訓告する。二度とジンに逆らうな。それと他人の勉強の邪魔はするな」

スピネドールはそれだけ言うとすたすた歩き出すが、俺の横を通るときにぼそりと言った。

「借りは返したぞ」

借りってなんだ？　いや、思い出したぞ。

「ああ」

続けて「こないだの決闘でお前が失禁したのをバレないようにしてやったことか」と言いかけたが、言ったらダメなので俺は黙った。まじめな表情でうなずいておく。

これ以降、特待生二年生たちが俺の勉強会の邪魔をすることはなくなった。

ただひとつだけ、困ったことがある。

「どうしてお前が勉強会にいるんだ、スピネドール」

するとスピネドールは熱心にノートを取りながら、真顔で問いかけてきた。

「ダメなのか？」

「いや、ダメではないが……」

表向き、俺は下級生なんだけどいいのか？

＊　＊　＊

【特待生二年首席スピネドール】


俺はジンの勉強会からの帰りに、他の特待生二年たちから呼び止められた。

「なあおい、スピネドール」

「なんだ」

俺の級友たちは渋い顔をしている。

「首席のお前がどうして、あんなヤツの勉強会に出席してるんだよ？」

「それもあんなに熱心に教えを請うて、あれじゃまるで師弟だ」

どうやらこいつらは、俺がジンから魔術を学んでいるのが気に入らないらしい。

だから俺は言ってやった。

「この俺に何か意見するつもりか？　俺より弱い癖に」

その言葉で他の特待生二年はビクッと震える。

俺とジンとの間に圧倒的な実力差があるように、俺とこいつらの間にも圧倒的な実力差がある。

俺が「火竜」などと呼ばれているのは伊達ではない。

級友たちは卑屈な笑みを浮かべて、それでもしつこく食い下がってきた。

「でもお前ぐらいの使い手なら、ジンから学ぶことなんかないだろ？」

「そ、そうだよ。こないだの決闘だって、いい勝負だったんだから」

呆れた連中だ。あれだけの実力差を見せつけられても、まだわからないらしい。

「俺が十人いてもジンにはおそらく勝てん。だからお前らが百人いてもジンには勝てんぞ。争うだけ無駄だ」

十人どころか俺が一万人いても勝てる気が全くしないのだが、さすがにそれはプライドが傷つくので言わないでおく。

俺がそこまで言ったので、こいつらもようやく引き下がる気になったようだ。

「わ、わかった。スピネドールがそこまで言うのなら……」

「十年に一人の天才だからな、スピネドールは」

俺は不愉快になり、首を横に振る。

「その程度の才を天才とは呼ばん。今のままだと、一年の特待生どもに追い抜かれそうだ」

するとこいつらはまた騒ぎ始める。

「まさか!?」

「あいつらは入学してまだ一月も経ってないんだぜ!?」

本当に愚かな連中だ。俺は言ってやった。

「俺たちの一年は、あいつらの一月にも劣るということだ。ジンの教え方が尋常じゃない。すぐに一年の一般生たちも俺たちを超えるだろう」

だが俺にもプライドがある。

だからこそ、恥を忍んでジンに教えを請うているのだ。

「お前たちも早く認識を改めることだな。さもないと数年後に『二十二期生と比べると二十一期生は使いものにならん』と言われるようになるぞ」

想像するだけで寒気がする。

後の判断は彼らの好きにさせることにして、俺は廊下を歩いて行く。

すると教官長のコズイール師と出会った。教官たちを束ねる学院最年長の大魔術師で、マルデガル魔術学院随一と称される使い手だ。

「先生、おはようございます」

「ああ、おはよう」

コズイール師は軽くうなずいて、それからふと俺に質問をしてくる。

「君は一年のジンという生徒を知っているかね?」

「はい、存じております」

嫌と言うほどな。だがまだ俺の知らない何かがあるに違いない。あれは底の知れないヤツだ。

するとコズイール師は重ねて質問してきた。

「ジンについて知っていることを話しなさい」

「それはどういうことでしょうか？」

「昨日、二年の特待生たちから暴行を受けたと申し出があってな。かねてから教官たちの間でも不品行だと問題視されている」

あのバカどもめ。もう俺はあいつらを学友とは思わんぞ。

俺は内心で舌打ちしたが、師の命とあれば仕方ない。俺はジンについて知っていることを、なるべく当たり障りのないように説明する。

「ジンは二年の俺よりも遥かに優秀な魔術師です。知識も深く、しかも非常に広い分野にわたっています。魔術だけでなく医術や算術にも秀でているようです。態度も大人びており、同期生への面倒見も良く、決して粗暴ではありません」

「ふむ」

コズイール師は少し考え込む様子を見せた。

俺は昨日の件についても事情を説明する。

「暴行の件も、発端は二年特待生たちにあります。一年生たちの自主的な勉強会を妨害したのは二年生です」

「む？　自主的な勉強会だと？　ジンの発案かね？」

コズイール師の表情が険しい。少し熱くなりすぎて余計なことを言ってしまったか。迂闊だった。責任をもって適当にごまかしておこう。

「それは俺も知りませんが……」

「彼の魔術流派は何かね？」

「わかりません。元素術、精霊術、古魔術のいずれにも精通していますが、唱える呪文はいずれのものとも違います」

「ほほう」

また考え込んでいるコズイール師。

「どうやら相当な跳ねっ返りのようだな。まあわかった、君は二年の首席として為すべきことを為しなさい」

「はい、先生」

要するにジンと関わるなということだろう。俺はそれに従うつもりはなかったが、ここで教官長に逆らうのは得策ではない。おとなしく一礼しておく。

コズイール師が去った後、俺は小さく溜息をついた。

「もう少し借りを返しておくか」

失禁した俺の名誉を守ってくれた件、俺はまだ借りを返し終わった気分になれていない。

＊　＊　＊

食堂で昼飯を食っていた俺は、スピネドールから妙な忠告を受けていた。

「今日、コズイール教官長がお前のことを根掘り葉掘り聞いていった。お前は相当警戒されているようだぞ。用心しておけ」

スピネドールは真剣な表情だ。彼は彼なりに、俺に対して誠意を示してくれているらしい。本気で心配してくれているようだ。

俺もまじめにうなずき返す。

「すまんな。そうしよう」

「ああ。何かあればまた報告する」

スピネドールはそれだけ言うと、スッと離れていった。

彼の後ろ姿を見送っているのは、二年の女子生徒たちだ。

「スピ様、素敵……」

「最近はあの一年生に御執心なのね」

「あの子、一年の特待生首席でしょ？」

視線がこっちに向いてくる。ところで「スピ様」ってスピネドールのことか？

「あの一年生……ええと、ジン君だっけ？　やっぱり首席同士、気が合うのかな？」

「でもジンって子、二年の特待生たちを魔法も使わずに全員ボコボコにしたって聞いたわよ」

「うわ、凶暴!?」

否定はしない。ちょっとやり過ぎた。

しかし二年の女子生徒たちは勝手なことを話し合っている。

「炎の貴公子と名高いスピ様と、手のつけられない暴れん坊のジン君」

「気高き竜と野生の猛獣ね。ん、意外と絵になる組み合わせかな?」

「ジン君も顔だけ見たら綺麗だもんね。抜き身の剣みたいな鋭さがあって割と好みかも」

心底どうでもいいから他所《よそ》でやってくれ。

「でもジン君、一年生を集めて勉強会を開くぐらい人望あるんだよ」

「あ、それ見た見た。しかもスピ様が座って、熱心に話を聞いてたの!」

「えーっ!? スピ様がジン君から教えを受けてるの!?」

本当にどうでもいい。食べ終わったのなら早く教室に戻ってくれよ。

全力で聞こえないふりをして昼飯を食っていると、二年の女子生徒たちは妄想をエスカレートさせ始めた。

「スピ様ったら、そんなにジン君に御執心なのね……」

「やだ、なんかドキドキしてきた。これって恋? どっちに対しての恋?」

「あ、そういうの好きなんだったら、今度いい本貸そうか?」

もういいや、俺の方から出ていこう。やっと食い終わったし。

俺は立ち上がって食器を返却すると、図書館にでも逃げ込むことにした。

しかし教官長か。そいつを攻略すれば、学院長のゼファーの耳にも届きそうだな。

＊　＊　＊

【コズイール教官長】


高価な壺やタペストリーが飾られた教官長室。

コズイール教官長は革張りのソファに腰掛けながら、一年の主任教官エバンドを叱責していた。

「君は何をやっているのかね？」

エバンドは青ざめた顔をして、ごくりと唾を飲み込む。

「も、申し訳ありません、教官長」

「何をやっているのかと聞いているのだよ、エバンド君」

コズイールは銀の煙管に乾燥させた草を詰め、サフィーデ産の火打石で着火した。教官長室に甘ったるい香りが漂う。

「君が教官になれたのは誰のおかげかね？」

「コズイール教官長のおかげです」

「では主任に昇進できたのは？」

「そ……それも教官長のおかげです」

エバンドが答えると、コズイールはわざとらしくうなずいてみせた。

「おやおや、よくわかっているではないか。だとしたら、一年首席の小僧に好き勝手させているのは、どんな考えあってのことかな？」

「いえ、それがあのジンとかいうヤツ、かなりの使い手でして……」

エバンドが弁解した瞬間、コズイールは彼を睨みつける。

「生徒の方が教官より優秀だとでもいうのかね？」

「いっ、いえっ！　決してそのようなことは！」

慌てふためくエバンドを見て、コズイールは溜息をつく。この扱いやすいだけの無能を腹心にせねばならない我が身が恨めしかった。

「それで、スバル・ジンは何者なのだ？　最初は王室の回し者かと思ったのだが」

「生徒どもの噂だと、ゼファーの高弟だとか、あとは『隠者』シュバルディンの後継者だとか」

「噂か……。まあいい。どちらにせよ、そちら側の駒ということか」

ジンの魔術の力量は、学院の教官たちを遥かに凌いでいる。だとすれば王室の監査などではないだろう。コズイールはそう判断する。

「あれだけの使い手である以上、そこらの魔術師に師事した訳ではないことぐらいわかる。やはりゼファーの差し金か」

「あの、どういうことでしょうか？」

「呪文ばかり唱えていないで、少しは頭を使ったらどうかね？　魔術師だろう？」

「すす、すみません！　えーと……ああ、ゼファーがコズイール教官長を失脚させるために、騒動の種を送り込んできたということですか？」

コズイールは溜息をつきながらうなずく。

「そうだ。今ここでゼファーが戻ってくれれば、私の責任となる。ジンがゼファーとの関係を否定しているのも、おそらくそのせいだろう。『隠者』シュバルディンの弟子など、誰が信じるものか」

三賢者のうち、隠者シュバルディンは弟子を取らないことで有名だ。今どこにいるのか、何をしているのか、誰も知らない。

ただしゼファーが頻繁に彼のことを口にするので、実在の人物であることはかろうじて知られている。

「状況は極めて深刻なのだ。わかっているのかね？　私に何かあれば君の首など一瞬で吹き飛ぶぞ？」

「はっ、はいっ！」

背筋を伸ばして直立不動の姿勢を取るエバンド。

コズイールは煙管をふかしながら、ソファにもたれる。

「たいして優秀でもない君を主任教官に昇進させたのは、私の役に立ってもらうためだ。わかっているだろうね？」

「それはもう、もちろんです」

エバンドが何度もうなずくのを見て、コズイールは言葉を続ける。

「ゼファーを学院から追い出した今、学院の実権を握っているのは私だ。だが教官の多くはゼファーの帰還を待ち望んでいる」

「私は違いますよ」

「そんなことはわかっている。だから主任教官にしてやったのだ」

忠義面するエバンドに、コズイールは冷たく返す。

「実質不在とはいえ、『三賢者』たるゼファーの名声は高い。学院の創設者でもある。だがあんな古くさい学究肌はお呼びではない。これからは私の時代だ」

「もちろんですとも」

臆面もなく媚びへつらってくるエバンドが少々鬱陶しく、コズイールは横を向く。

「君の手に負えないのであれば、これ以上あの小僧をのさばらせておく訳にはいかん」

「ど……どうするんですか？」

コズイールは立ち上がると、壁に掛けてあった杖を手に取った。

そして怯えているエバンドをちらりと見る。

「一年生の管理は君の仕事だ。もちろん君に責任を取ってもらう」

「え？　ええ……？」

真っ青になっているエバンドに、コズイールはゆっくりと歩み寄る。

「だが安心したまえ。教官長として支援は惜しまないとも」

そしてエバンドに杖を渡し、コズイールは今日初めて笑った。

「あの鬱陶しい小僧はもうすぐ学院からいなくなる。君が消すんだ」

「む、無理です！」

「できんとは言わせんよ」

威圧的な笑みと共に、コズイールは言う。

「なに、あの跳ねっ返りの問題児のことだ。学院に飽きてどこかに行ってしまったのだと皆思うだろう。心置きなくやりたまえ」

微笑むコズイールとは対照的に、ガタガタ震えているエバンド。

「できませんよ！」

「できないときは君も学院からいなくなる。それだけだ。だから……主任教官の肩書きに見合う働きを期待しているよ」

コズイールはエバンドの肩をポンと叩いた。

＊　＊　＊

マルデガル魔法学院のトップは学院長のゼファーだ。だが現場のトップは教官長のコズイールという魔術師らしい。教官たちのリーダーだ。

浮遊円盤などの魔法設備を管理する魔術師や、王立軍から派遣されている衛兵隊も、コズイールの指揮下にあるという。衛兵詰所だけでなく食堂でも話を聞いてみたが、食堂の若い女性たち（主に四十代）も、みんなコズイールの顔色を気にしているようだった。

「どういうことかしらね」

マリエが俺の部屋でベッドに寝転びながら、思案顔をしている。

「おいマリエ、男子寮は女子禁制だぞ。どうやって入った？」

すると妹弟子は事も無げに答えた。

「人間の認知能力ぐらい簡単に狂わせられるわよ。私を見た子はみんな、顔見知りの男子生徒だと思ったでしょうね。名前は決して思い出せないけど」

「あのな」

マリエ、いやマリアムは医学的な魔術を得意としている。その中には精神……というか人間の脳に干渉する術も多数あった。

「他人の認知を狂わせるような術をホイホイ使うなよ」

「専門家が細心の注意を払ってホイホイ使ってるからいいの」

いいのか？

しかしマリエが寝そべったまま俺をじろりと睨んだので、俺はこれ以上の議論を避けた。確実に勝てるとき以外、こいつと議論してはいけない。

「まあいいや。ところで今は最高責任者である学院長が不在で、その次席の教官長が強い実権を握っている」

「なんだか生臭いわね」

マリエが顔をしかめる。人間関係の煩わしい部分が嫌いなのは、俺も同感だ。

「さすがにゼファーのヤツが暗殺や幽閉されるとは思えんから、自分から出て行ったのか追放されたんだろう。ただし学院長の肩書きは残っている」

「なぜかしら？」

「何か事情があるんだろうな。考えられる線としては、ゼファーの『三賢者』としての名声だ」

俺もマリエもあんまり意識していなかったんだが、サフィーデでは『三賢者』の名声は非常に高いらしい。

「『三賢者』のゼファーが学院長をしているだけで、予算や生徒の獲得に大きく貢献する。だから名前だけは残した。そんなところだろうな」

「情けないわね」

どっちに対しての「情けない」なのかわからないが、たぶんゼファーに言っているんだろう。我が妹弟子はそういうヤツだ。

「どこにいるんだ、あいつ」

「知らないわよ」

マリエは人のベッドで寝返りを打つ。若返ったせいか、昔みたいな仕草をよくするようになったな。

「ゼファーは空間転移の術が得意だから、その気になればどこにでも行けるわ。転送陣を自在に作れるのは、もうあの人だけだから」

「そうだな……」

転移術は座標計算などが極めて複雑だが、ゼファーならかなり長距離の転移が可能だ。あいつは物理学を修めている。

「手詰まりだな」

俺は溜息をついて立ち上がった。

マリエがむくりと上体を起こす。

「どこに行くの？」

「図書館だ。お前がいると勉強にならん」

「冷たいわね」

マリエのはだけた襟元や裾が気になって集中できないとは、さすがに言えなかった。

いい歳して何をドキドキしているんだ、俺は。


仕方なく図書館に来た俺だったが、ここでも妙な雰囲気を感じていた。

さっきとは違い、今度のは殺伐とした雰囲気だ。何者かの敵意を感じる。

「空気が強張っているな……」

思わずつぶやく。

ほぼ同時に、使い魔の黒猫カジャが現れた。

「あるじどの、周囲の魔力濃度が急激に低下しています。現在〇・〇〇〇四七カイト」

「実験用の魔力清浄室みたいだな。人為的な操作がなければ起きない現象だ」

魔力は熱や光などと同様、エネルギーの状態のひとつだ。質量が消滅することは決してない。ただし別の状態への変換は容易だ。

おそらく誰かが周辺魔力を別のエネルギーに変換しているのだろう。

だが何のために？

「カジャ。周辺の人物と魔法生物、それに魔法設備を全て捕捉し続けろ。通常と異なるものは全て報告だ」

「わかりました。現在、あるじどの以外の人物は図書館内に一人しかいません。一年主任教官のエバンドが魔力排除装置を稼働させているぐらいです」

絶対にそれが原因じゃん。

そもそもあいつ、今までに一度も図書館で見たことがないぞ。何か企んでいるとみて間違いない。

「あるじどの、これは敵対行動と判断してよろしいですか？」

「うむ」

魔術師にとって、周囲の魔力を奪われるのは面白くない。剣士が剣を奪われ、丸腰にされるようなものだ。

だがプロの剣士は丸腰でも戦うすべを身につけている。

プロの魔術師もまた、魔力を奪われても戦う方法は備えているものだ。

「カジャ、戦闘準備」

「承知しました、あるじどの」

魔法を使った殺し合いは久しぶりだが、できればそうならないことを祈ろう。

だが残念な事実をカジャが報告する。

「図書館内に新たな人物を一名確認。生体情報照合、コズイール教官長と一致」

「他には誰もいないか？」

「いませんね。図書館の全ての出入り口が施錠されたのを確認しました」

宣戦布告を受けた訳ではないが、状況的に襲撃の意志ありとみて間違いないだろう。

しょうがない、やるか。

「カジャ、非実体化しろ」

「了解しました。非実体化手順を実行開始しますよ」

カジャはするりとポーチから抜け出す。小さな黒猫の姿が崩れて、黒い霧となった。

そのままカジャは、文字通り雲散霧消する。

「非実体化を完了しました。ばっちりです」

声はどこからともなく聞こえてくる。遠いようでもあり、近いようでもある。

カジャは今、どの座標に存在しているのか確率でしか表せない。霧の濃い場所はカジャが存在している確率が高いが、実際にどこにいるのかはカジャ自身すらわからないのだ。

こうなってしまうと、敵がカジャの存在に気づくことはほぼ不可能になる。

「よし、カジャは侵蝕優先で警戒態勢」

「はぁい」

戦いはまだこれからだが、これでもう決着がつくだろう。結末もだいたい想像がつく。魔力枯渇戦術の定石と対抗策は飽きるほど実践した。

「エバンド主任教官は司書室にいるようだが、そこから全く動いていない。「エバンドの生体情報を更新しろ」

「はい。生体反応が時間経過と比例して微弱になってます」

「死にかけてるのか」

何やってんだろう。

コズイール教官長の動向が気になるが、エバンド主任教官も放ってはおけない。俺は用心しつつ、司書室に入った。

するとそこには、顔面蒼白のエバンドがガタガタ震えている。

「ジ、ジジ……ジンか!?」

「そうだが、あなたは何を？」

エバンドは変な形の杖を握りしめたまま、それにすがりつくようにして震えていた。いや違う、手が離れないのだ。

「た、助けて……！　あいつに……騙され……も、もう手が……」

エバンドの手は灰色に変色し、既に生体としての機能を失っているようだった。あれは切断するしかないだろう。灰色の病変らしき部分はどんどん拡大し、エバンドの体を蝕んでいく。まずい。

「その魔法装置を解除します。決して動かないように。呼吸を整え、体内の魔力を引き留めてください」

「わ……」

たぶんエバンドは、「わかった」と言いたかったのだと思う。だがもう確かめる方法はない。

彼の体が一瞬で灰色になり、粉々に四散したからだ。

「なんという……」

まだエバンドの体内には魔力が十分に残っていた。救命できる状態だった。

だが急に魔力の吸入速度が上昇した。明らかに人為的な操作だ。エバンドを殺害する目的でやったとしか思えない。

だとすれば、これは罠だ。

俺は背後を警戒し、振り向かずに声を発する。

「あなたの仕業か、コズイール教官長」

カジャの生体感知によって、ドアの外にいるのはお見通しだ。

半開きだったドアが開かれ、足音が近づいてくる。

「一年生首席スバル・ジンよ。まさか神聖なる学び舎で、教官を殺害するとはな……」

聞き覚えのない声が背後から聞こえてくる。コズイール教官長だろう。やはりこいつが主犯格か。

エバンドの救命はもう無理だ。俺は自身の防衛に全力を傾けることにした。

周囲の魔力濃度は極限まで低下し、もはや魔法は全く使えない。

原因はわかっている。エバンドが持っていた杖だ。周辺の魔力を消費し尽くす道具なのだろう。人間の体にも魔力は蓄積されている。魔力のある世界で生まれた人間にとって、魔力は生命維持に不可欠だからだ。

こんな強力な装置で周辺の魔力を根こそぎ奪うような真似をすれば、起動させた本人はまず助からない。エバンドは捨て駒にされたのだ。

コズイール教官長は悲しげに言う。

「栄えある一年首席が主任教官を殺害し、私は教官長として学院の秩序と安全を守るために一年首席を制圧した。だがその結果、彼は死亡してしまった。とても悲しい事件だ」

なるほど、そういう筋書きか。

俺が振り返ると、コズイール教官長は別の杖を構えて微笑んでいた。

「はじめまして。私が教官長のコズイールだ。学院長の走狗《そうく》よ、気づかれないとでも思ったのかね？」

全然違うよ？　なんか勘違いしてるみたいだけど、こいつは部下を殺しているから後戻りはできないな。

それよりもあの杖は、おそらく破壊魔法を射出する武器だろう。杖の魔力は吸い取られないよう、何か防護処置がされているに違いない。

相手の腹は読めたので、俺はこの学院の一員として挨拶を返す。

「特待生一年のジンだ。教官長の今の発言は、事実とは完全に異なるようだが」

「いや、これから事実になる。君が入学前に浮遊円盤の上で死んでくれていたら、エバンド君も犠牲にならずに済んだのだがな」

飛針蛭を召喚して襲ってきたのはお前か。だいぶ早い時期から警戒されていたらしい。おそらく入試の結果を見て気づいたのだろう。バレバレの潜入調査だった訳だ。

すでに一人、コズイールのせいで死者が出ている。こいつと話し合う必要はない。

「理由はどうあれ、エバンド主任教官を殺害したのはお前だ。お前はサフィーデの法で裁かれる立場にある」

「法で私を裁けると思っているのかね。魔力が枯渇した今、これは防げまい」

コズイールの杖から致死レベルの稲妻が放たれた。

なんていうチャチな電撃だ。体内の魔力だけで防げる。

俺は空気をイオン化して電撃を誘導し、燭台に命中させた。俺は無傷だ。

「なにっ!?」

コズイールが驚く。

「法では裁かれないというのだな」

俺は電撃を指先で弾くと、その指を緩やかに広げて構えた。ゼオガ具足術の基本、「虎の構え」だ。打撃と組み討ちの両方に対応している。

そして彼に告げる。

「では俺が裁いてやる」

コズイールまでの距離は、具足術の歩法でおよそ七歩。遠い。

「こやつ!?」

コズイールは杖を構え、さらに稲妻を射出してきた。

稲妻は避けられない。

だが電流というものは本来、空気中を伝わるのが苦手だ。だから少しの工夫で稲妻は違う方向に流れる。

俺は再び室内の空気、というか大気のイオンを操作する術を使った。

「うわっ!?」

コズイールが悲鳴をあげる。放った電撃が前に飛ばず、近くの燭台やペンに着弾したからだ。電流だってどうせなら空気よりは金属に流れたい。

魔法というのは便利なものだが、自然科学への理解なしに使ったところで本当の威力は発揮できない。

「貴様、何か術を使ったな!?　だがなぜ使える!?」

稲妻や爆発を生み出す破壊魔法と違って、イオンの操作程度ならごくわずかな魔力で済むからだ。

俺の体内に蓄積された魔力で十分まかなえる。

だがそれを教える義理はないだろう。

今やっているのは学問ではない。

殺し合いだ。

俺は格闘の間合いに踏み込むと、コズイールの杖をつかんだ。

「かかったな、愚か者め！」

すかさず電撃をくらうが、電流は俺の手袋から靴を伝わって床へと放出される。衣服には絶縁と放電の対策をしている。

極度の高温や低温、それに真空や酸などに対しても同様の備えがあった。この程度の魔術では何をどうしようが俺を傷つけられない。

エバンド主任教官を殺した以上、コズイール教官長は殺人者だ。情けをかけるつもりはない。全力で仕留める。

「はぁっ！」

コズイールがしっかりと杖を握っているので、俺は杖をひねって彼を引き倒す。具足術では槍兵と戦うことも想定しているので、その応用だ。

「うぉあっ!?」

武術の心得は全くないらしく、コズイールは床にひっくり返った。ここに来て常々思うが、魔術師でも白兵戦ぐらいはできなければ戦は無理だ。

「せいっ！」

膝で背中を押さえつけ、ほぼ完全に動きを封じる。今は周辺の魔力が枯渇しているので、こいつは何もできない。

我ながら甘いとは思ったが、一応生き延びるチャンスは与えてやる。

「降伏するなら命だけは助けてやるが、どうする?」

するとコズイールは懐に手を突っ込んだ。隠し持っている魔法の道具を使うようだ。

一応、警告はしておこう。

「やめておけ。今度こそ死ぬぞ」

だが既に遅く、コズイールの姿が急速にぼやけ始める。空間転移を始めたのだ。

「転送符《テレポートチケット》か」

「ふぁははは……よく気づいたな、小僧」

「小僧はお前だ」

お前が生まれる前から俺はジジイだからな。

「お前はここで……死ぬのだ……」

コズイールの姿は薄れつつ消え去り、俺はエバンドの残骸と共に図書館に取り残される。

カジャが報告する。

「コズイール教官長の生体反応が図書館から消えました」

「転移したか」

あいつの目論見はわかりきっている。

魔力が枯渇しているのは図書館周辺だけだ。だから魔力枯渇圏外に脱出すれば、コズイールは魔法が使えるようになる。

後はそこから大規模な破壊魔法をぶっ放して、図書館ごと俺を潰す気だろう。魔法陣などの事前準備があれば、動かない目標に対して強力な破壊魔法を使うことが可能だ。

そして今、図書館の出入り口は封鎖されている。逃げる時間はない。

と思ってるんだろうな、あいつ。

「警告はしたからな」

俺は溜息をつく。命をどう使うかは彼の自由だ。

「カジャ、非実体化を解除。コズイールの座標を追跡しろ」

「はぁい」

すぐ近くにカジャが実体化し、黒猫の姿を取り戻す。

カジャはすぐにコズイールの現在位置を報告した。

「転送符の正常な動作を確認。指定通りの座標です。高度およそ百二十アロン（約一万二千ｍ）」

「成層圏まで行ったか」

クソ寒いんだよな、あの辺り。空気も薄いし。

カジャが溜息をつく。

「転送符の座標をひとつ書き換えただけなんですけど、まさかそのまま飛んじゃうとは思いませんでした」

敵に格闘戦を挑まれて負けかけてるときに、いちいち座標確認はしないだろう。

俺はカジャに命じて、コズイールの所持している全ての魔道具をスキャンさせていた。もちろん転送符も発見したので、指定座標のうち高度だけをこっそり書き換えておいた。

だからコズイールは今、成層圏から墜落中のはずだ。

カジャが淡々と告げる。

「コズイールの座標変化、高度のみ低下中。空気抵抗を考慮すると、自由落下とほぼ一致しています」

黒猫の使い魔はふと、首を傾げた。

「あの人、飛ばないんですかね？」

「落下制御の呪文を知っていればいいんだがな」

知っていても落下の恐怖で気絶したら唱えられないだろうし、その辺りの事情は俺にもわからない。

ただ俺は一応、コズイールに生き延びるチャンスは与えた。

ふとカジャが気づいたように言う。

「上空じゃなくて地中深くに送り込んだ方が簡単でしたよね？」

「うむ。空気や水と違って、高圧の土壌は押しのけられんからな。生き埋め以前に圧力で即死だろう」

しかしそれでは、彼が生き延びられる可能性はゼロだ。

だから上空に放り出してやった。

ただ結局、彼は俺が与えた機会を活用できなかったようだ。

「コズイールの高度がゼロになりました。えー……形状が著しく変化したようで、コズイールの座標が広範囲に散らばっています。生命反応停止」

成層圏の辺りからそのまま地面に激突したら、そうもなるだろう。

生きていたら捕まえるつもりだったが、あっけなく戦いが終わってしまった。俺は頭を掻く。

「どうも弱い者いじめのようで気が引ける。結局、何をどうやろうが後味が悪いな」

「そういうものですか」

カジャは人を殺しても何も感じない。道具だからだ。この使い魔の黒猫は首をかしげる。

「それにしても変ですよね。姿なんか見せずに、最初から魔力枯渇圏外から図書館ごと破壊していれば良かったのに」

教官長であるコズイールの立場からしてみれば、図書館を吹っ飛ばせば責任問題になる。隠蔽工作をしてもゼファーが調査すればごまかしきれない。

一方、「ただの殺人事件」なら隠蔽は容易だし、コズイールの責任問題にもなりにくい。うまく処理すれば逆に功績にできるだろう。何なら事故死や病死として片付けてしまってもいいのだ。

とまあ答えは実に単純だが、カジャのこの問いに答えてはいけない。

使い魔に人間心理に関する知識を与えすぎると、彼らは勝手な判断をして先回りして行動するようになる。そうなると厄介で、場合によっては危険な存在となりうる。

使い魔は便利な道具だが、取り扱いには細心の注意が必要だ。

だから俺は適当にごまかす。

「人間はよく判断を誤る。それだけだ」

「なるほど」

俺は床に転がっている杖と、その周辺に散らばっているエバンドの残骸を見る。魔術的な汚染が酷い。

「これ、悪霊性廃棄物として処理しておけ」

「はぁい。杖はどうしますか？」

こんなゴミみたいな魔道具いらない。用途もつまらないし、自分で作った方がまだマシな完成度だ。

「無力化しろ」

カジャの影が長く伸びると、杖とエバンドの残骸を影の中に沈める。

「処理完了しました」

「よろしい」

それから俺は胸に手を当てると、エバンドとコズイールの冥福を祈った。


俺はコズイール教官長の死を確認するため、彼が墜落した地点に向かった。学院の敷地外、山奥の岩場だ。彼を構成していた肉体は回収不能なレベルで四散しており、数日中には獣や鳥の餌になるだろう。

カジャが岩場に描かれた大きな魔法陣に鼻先を近づけ、くんくんと匂いを嗅ぐような仕草をしている。

「元素術式の魔法陣です。爆発系統のいずれかだと思われますが、だいぶ古い型なのとノイズだらけなので確定できません」

「どれどれ……うーん？」

実は学術的な価値を少しだけ期待していたのだが、全くの無価値だった。

「二百年ぐらい前の魔術書からそのまま書き写したような印象だな。安全に起動するかどうかは五分五分というところか」

意味もわからずに丸写ししているから、俺でもわかるようなミスがあちこちにある。俺ならこの魔法陣に命を預けるのは遠慮したい。自分が爆死する可能性もある。

「カジャ、これは削除しておけ」

「はぁい。あ、ここ玉髄《ぎょくずい》の鉱脈がありますよ」

「そいつは興味深いな」

玉髄は石英の微細な結晶粒が塊になったもので、含まれる不純物によってメノウだのオニキスだのジャスパーだの色んな名前で呼ばれる。特待生のアジュラが好きなカーネリアンも玉髄だ。

玉髄は火打石としてもよく使われるので、サフィーデでは火の魔法に力を与えると信じられている。

その真偽はちょっと怪しいが、ともかく魔法陣がここに作られた理由はそれだろう。魔術学院がここにあるのも、もしかするとそういう理由かもしれない。

「おや」

俺は足下に転がっていた杖を拾い上げる。コズイールが電撃を放つのに使っていた魔法の杖だ。先端に金属製の竜の像がついている。素材は蓄魔鋼だな。

杖の識別名は「雷震槍《らいしんそう》」と記されている。製作者の意図的には杖じゃなくて槍らしい。

「事前詠唱の方が便利だから、こんなものはあんまり使うこともないんだが……いや待てよ、これは!?」

「どうしましたか、あるじどの？」

俺は竜の頭部分で肩の後ろを押し、戦いで凝った肩のツボを刺激していた。

「指圧にちょうどいい具合だ。微弱な電流が実にいい」

「はあ」

「しかも振動も生じるようになっていて、これは完全に指圧用の道具だな」

「えーと……どうなんでしょうね？」

「名前の通り、電流と振動で凝りをほぐす棒だ。俺を信じろ」

こんな素晴らしいツボ押し棒を争いに使うなんて、実に馬鹿げている。こりゃ気持ちいい。肩がほぐれる。

「あるじどの、肉体年齢は十代ですよね？」

「指圧の気持ちよさは脳が覚えているからな。おお、うむ、これは素晴らしい。文明の勝利だ」

この杖は成層圏から落ちてきても壊れてないし、耐久性は抜群だろう。

「おや、これはアーティルの作品だな」

「『百器』のアーティル様ですか」

「当時はそう呼ばれていたな。もう覚えている者はほとんどいないだろう」

俺には七人の学友がいたが、そのうちの一人だ。魔道具の開発に没頭した天才だが、その成果を発展させられる者がいなかった。今ある魔道具のほとんどはアーティルの作品のデッドコピーに過ぎない。

コズイールがどうしてこれを手に入れたのかわからないが、野放しにしておくと危険だ。アーティルのオリジナルには、いずれも極めて高度な技術が用いられている。

「親友の遺品だ。悪いが回収させてもらうぞ」

ついでにときどき凝りをほぐすのにも使わせてもらおう。


こうしてマルデガル魔術学院から教官長と一年主任教官が消えた。

教官たちの間では大騒ぎになったようだが、俺は知らん顔をしておく。事情を説明しようにも、状況がメチャクチャすぎて信じてもらえる気がしない。ゼファーに会ったら正直に話そう。

しかし二年の特待生連中が、俺の方を見てヒソヒソ話をしている。

「コズイール教官長とエバンド主任教官を殺ったのがジンだってのは本当かよ?」

「見たヤツはいないんだけど、他にできるヤツがいないだろ。エバンドはジンと不仲だったらしいし、教官長の腰巾着だ」

根も葉もない憶測だけど、見事に当たっている。

「教官長や主任教官が急にまとめて失踪するはずないしな」

「おい誰か、ジンに聞いてこいよ。お前が殺したのかって」

「お前が行け、お前が」

「やだよ怖えよ」

面倒くさいことになりそうだから、あいつらにはこのまま怖がられておいた方がいいな。

そう思い、食堂でのんびりと夕食を食べる。

あれから数日が経ち、そろそろ学院長のゼファーにも報告が上がっている頃合いだ。あいつがどこにいるのかわからないが、クソ真面目だから学院との連絡手段は確立させているだろう。

すると急に、辺りが騒がしくなる。

「あの先生、誰?」

「新しい教官長かな?」

「いや違うぞ、あれは……」

俺は生徒たちの声でだいたいの事情を察し、ちらりと視線を動かす。

「ゼファー学院長だ」

ようやく現れたか、クソ兄弟子め。

昔と変わらない、ひげを蓄えた老齢の男。若い頃は神経質そうな線の細い美男子だったが、今は清潔感のある穏やかな紳士だ。

ゼファーは生徒たちに丁寧に挨拶を返しながら、俺のところにまっすぐ歩いてくる。

「『ジン』君だね。コズイール教官長の件はさっき知った。相変わらずそうで驚いたぞ」

「相変わらずではないな」

俺は周囲のざわめきに顔をしかめつつ、すべすべの手の甲を撫でる。

「今はこんな有様だ」

「相変わらずだ。昔を思い出す」

すぐ昔話を始めようとするのは、年寄りの悪い癖だ。

周囲では生徒たちが目をまんまるにして驚いている。

「ジン君、もしかして学院長先生と知り合いなの？」

「やべえな、さすがは雷帝だ」

「もしかして学院長の弟子だったりとか……」

「いや、あいつは隠者シュバルディンの直弟子だぞ」

俺とゼファーは周囲をちらりと見て、それから同時に苦笑する。

「場所を変えようか」

「そうだな」

ゼファーが小さく呪文を唱えると、俺たちの姿はその場から消えた。

学院長室に転移した俺たちは、肉体を置いて『魂の円卓』へと向かう。マリアムもそこで待っていた。

「久しぶりに三人そろったわね、ゼファー」

「マリアムまで来ているとは……相変わらず耳敏いな」

ゼファーは苦笑し、彼の席に座る。俺たちも自分の席に座った。

そしてほぼ同時に、同じことを言う。

「で、どういうことだ？」

「どういうことかしら？」

「これはどういうことかね？」

一瞬の沈黙。互いの視線が交錯し、最後にゼファーが折れた。

「そもそもの事の発端は私か。私から説明するのが筋かね？」

「そうだな」

俺は腕組みして、じろりと兄弟子を睨む。

「あんな子供たちを戦場に送り込むつもりなのか、兄弟子よ」

「そこまで突き止めているのなら話は早い。……いや、早くはないか」

ゼファーは溜息をつくと、こう切り出した。

「ちょうどいい、聞いてもらおう。実は私も困っているところなんだ」

おいおい。

ゼファーの話はこうだった。

「師匠がこの世界を去った後、私たちはこの世界に魔術を普及させるために、元素術・精霊術・古魔術の三流派を世に送り出した。だがこの試みはうまくいったとは言いがたい」

すかさず俺とマリアムが文句を言う。

「前置きが長いぞ、前置きが」

「本題に入るまでだいぶかかりそうね、その調子だと」

「いいから聞け」

ゼファーは咳払いをする。こんなやりとりも久しぶりだ。

「リッケンタインたちの成果を無駄にしたくなかった私は、サフィーデ王国を魔術発展の地と定めた。ここで三つの流派を統合させ、魔術を学問として普及させようとな」

ゼファーの話はもともと長いが、年を取ってますます長くなった。年を取って短気になっている
俺たちは、また文句を言う。

「で、失敗したんだろ」

「それと魔術師を兵士にすることに何の関係があるのよ」

「いいから聞けというに」

ゼファーが俺たちを睨んだので、俺とマリアムはくすくす笑う。

「よかった、相変わらずのクソ兄弟子だ」

「どうやら正気のようね」

ゼファーは咳払いをする。

「続けていいかね？」

「どうぞどうぞ」

俺は少し安心して、彼の話をじっくり聞くことにした。

『三賢者』として世に名を知られていたゼファーは、サフィーデ王国で魔術の普及活動を開始したらしい。

サフィーデは割とおおらかなお国柄で、神官や貴族たちも魔術の普及に理解を示してくれたからだ。こういう国は意外と少ない。

だがこの賢者様は、早々につまずいたという。

「誰も魔術を学ぼうとしないのだ」

ゼファーが溜息をついたので、俺はうなずく。

「そりゃそうだろう。今の劣化しきった魔術を学んでも、あまり役に立たないからな。魔術師になっても食っていける訳じゃない」

「そう、それだ」

ゼファーは我が意を得たりとばかりに勢いづく。

「結局のところ、魔術が役に立つことを理解してもらわねば誰も学ばない。学問としての奥深さや、真理を探究する喜びなど、日々を懸命に生きる人々には関係ないのだ」

「で、あなたはどうすることにしたの？」

マリアムが頬杖をつく。こいつ、もしかすると俺よりもゼファーのことが嫌いなのかもしれない。

ゼファーは一瞬黙り込み、それから少し目をそらす。

「世俗の権力ならば解決できるかもしれないと思った。そこでサフィーデ王室に魔術の有用性を説き、研究と人材育成への協力を懸命に求めた」

営業向きじゃないヤツがそんな売り込みをかけたのか。よっぽど思い詰めてたんだな。

ゼファーは机に肘をついて頭を抱えると、無言で虚空に映像を表示した。国王や宰相らしい連中を相手に、ゼファーが懸命に訴えかけている。

『大気中の窒素を土壌に固定する魔術を使えば、農業生産は飛躍的に伸びます。同じ畑で二倍以上の人口を養うことも可能でしょう』

馬鹿か、うちの兄弟子は。窒素とか言われてもわかる訳ねえだろ。

呆れてマリアムを見ると、こいつも呆れたような表情をしていた。

案の定、映像の中で宰相らしい人物が首を横に振る。

『ですが農民どもが畑に魔術を使わせるとは思えませんな。効果のほどを確認するためにも、どこかの農場を借りて十年ほど実績を見せて戴きませんと』

『十年……』

『左様、何か不都合があってからでは遅すぎます』

そりゃそうだろう。

この国の為政者たちは極めてまともだな。安心したぞ。

その後もゼファーは「魔法による超高温や超低温でのみ行える特殊な製鉄」とか「疫病の発生を防ぐ殺菌の魔術」など、画期的ではあるが微妙な案を次々に提示する。

「ゼファー、これはあと何時間ぐらい続くんだ」

「もう消そう」

フッと映像は消え、静寂が戻ってくる。

遠慮してもしょうがないので、俺はゼファーにはっきり言った。

「この方法は無理だって、師匠たちとも結論は出しただろう？　既存のシステムに全く関係のないものを持ち込んでも組み込めないんだ」

技術や思想は系統樹を作って発展していく。その途中だけ抜き出して全く関係のないところに投下しても、みんな扱いに困るだけだ。

ゼファーは溜息をつく。

「その通りだ。私の提案は、既存のシステムに携わる者たちから猛反対を受けた。官僚や聖職者だけでなく、農民や職人たちにもな。見知らぬ魔術師がいきなりやってきて『素晴らしい知恵を授けよう』などと言っても、なかなか受け入れてはもらえん」

だがゼファーは今、この国でマルデガル魔術学院の学院長を務めている。何らかの方法で世俗の権力に取り入ったのは確かだ。

「だから兄弟子殿は、システムを一から構築することにしたのか」

「そうだ。魔術師の教育システムを作り、魔術研究者を増やしていくことにした」

俺はそれで全ての疑問が解決した。

「学院創立のときに、王室から出資を受けたんだろ？　で、出資者様から言われたんだろ？　ちゃんと役に立つ魔術師を育てろよって」

「ああ。彼らは魔術師といえば火の球を飛ばす連中ぐらいにしか思っていない。だから真っ先に軍事分野での成果を要求された」

「そして気づいたら、教育カリキュラムがどんどん骨抜きにされていった訳だな?」

「その通りだ。教育課程から基礎研究や一般教養が排除され、破壊魔法の投射ばかり訓練させるように圧力が加えられた。特にコズイールが教官長に昇進してからがひどかった」

やはりあのコズイール教官長が元凶か。

「あいつがろくでもない人間なのはわかっていただろ。教官長昇進を阻止できなかったのか?」

「王室からの強い推挙があってな。王室から予算をもらっている以上、断れなかった」

何となくわかった。

「たぶん昇進前の段階で蓄財して、王室関係者に献金でもしてたんだろうな。そういや図書館の本、ろくでもない紙くずだらけだったぞ」

「あれは昔からコズイールが管理していた。彼を解任しようにも、その権限が私にはないのだ」

「自分の理想とする学校を作るときに人事権がないとかありえんだろ」

ゼファーは根っからの研究者だから、政治的な駆け引きにはまるで疎い。人間の善なる部分を信じているから、すぐ騙される。

マリエが溜息をつく。

「書物、特に学術書は貴重で高価ね。その予算を横領すれば大きな資金源になるわ。きっとそれで王室に献金したのね」

「そうだろうな」

コズイールが教官長になった後、学院の変容が加速度的に進んでいったという。

「彼が教官長になってすぐに、特待生制度が作られた。これがまた歪《いびつ》だった。二人も見ただろう？」

「ああ、二年生が酷かったな」

特待生になれば良い待遇で在籍でき、卒業後も就職に困らない。ここの教官になることもできる。

これが貴族の末っ子たちに大人気になった。

貴族の三男ぐらいになると、家督の継承はほとんど望めない。次男は補佐役や補欠として家に残れるが、三男から下はだいたい追い出される。

多くの場合、彼らは土地も相続できない。所領がどんどん細分化されていって家の力が衰えるからだ。

そこで彼らは神学校に放り込まれる。卒業後は実家からの献金額に見合った地位をもらい、聖職者として実家が有利になるよう取り計らうのが役目だ。

しかしそれが嫌でたまらない者もいるだろう。聖職者になると行動の制約が多いから、放蕩癖のある者にはかなりの苦痛だ。

そういう問題児たちにとって、魔術学院は「出家しなくても学問ができる場所」として重宝された。

もちろん貴族たちにとってもメリットがある。子供が卒業後に官僚になってくれれば、自分に有利になるよう動いてくれるからだ。

こうしてマルデガル魔術学院は、賢者ゼファーの崇高な理念などどこかに置き去りにして、利権の亡者たちに食い物にされてしまった。

そして今に至る。

俺は暗澹《あんたん》たる気分でつぶやく。

「特待生から選抜されたはずの教官たちが酷いのは、そういう理由か」

道理でプライドばかり高くて教え下手な訳だ。貴族の末っ子たちは実家からは冷遇され、兄が家督を相続すれば容赦なく追い出されることも多い。虚勢のひとつも張りたくなるだろう。

マリアムが溜息をつく。

「要するに学院を乗っ取られたのね。それでその後、どこで何をしてたの？」

「学院内にいると研究の邪魔をされるので、ベオグランツとの国境近くに研究室を作った。必要なときにはいつでも戻れるよう、学院長室に直通で行けるようにしてな」

ゼファーは転移魔法を最も得意としているから、そんな荒技も可能だろう。

彼は俺とマリアムを交互に見る。

「さっき学院長室に戻ってきたら、コズイール教官長とエバンド主任教官が同時に行方不明になったという報告書が置いてあった。慌てて探知魔法を駆使したら、お前たちを発見したという訳だ」

マリアムが不機嫌そうに頬杖をついた。

「私たち、もう何年も前から『念話』で呼びかけてきたのよ？　どうして返事しなかったの？」

するとゼファーは気まずそうに視線をそらす。

「会わせる顔がなかったからだ。師の教えに背いて学校を作ったはいいが、私欲まみれの連中に乗っ取られてしまった。同門のお前たちに何と詫びれば良いか……。すまん」

だいたい事情はわかった。

そういうことなら、もし俺たちが本来の姿で来訪しても追い返されていただろうな。賢者ゼファーの仲間は、コズイール教官長にとっては邪魔者でしかない。

生徒として潜入したのは、結果的には大正解だった訳だ。

俺とマリアムは顔を見合わせ、どちらが発言するか無言でやりとりする。

彼女の視線に負けた俺が口を開いた。

「お前、さてはバカだろ」

しばし沈黙。

それからゼファーはうなだれる。

「返す言葉もない」

「だからそうやって落ち込むのをやめろ」

俺は見ていられなくなり、兄弟子を叱咤した。

「マルデガル魔術学院はもうこの国のシステムに根付いてしまった。今さらなかったことにはできないんだ。だとしたら、お前がなすべきことはわかるだろう？」

するとゼファーは顔を上げ、俺をじっと見る。

「無理だ……。やってみて痛感したが、やはり私に組織の運営はできない。人の心は数式では記述できないし、学院内外の政治的な事情にまで配慮せねばならないのは難しすぎる」

そりゃそうだろう。俺は肩をすくめた。

「組織は生き物だ。目的を持って作られた組織は、やがて組織の存続を目的とするようになる。本来の役割や目的を見失うことは珍しくない」

「相変わらず手厳しいな、シュバルディン。私がサフィーデに来たとき、お前も来てくれれば良かったのだが」

その頃の俺は世界中を放浪していたからな……。

「俺はお前と違って、世の中を良くしようなんて崇高な理念は持ち合わせてねえよ」

「果たしてそうかな？　お前は途方もない理想主義の真面目人間だから、目標の難しさに最初から諦めているように見えるのだが」

そんなんじゃねえ。

ただ俺は、道理が通らない世の中が嫌いなだけだ。

だから俺は嫌いだけど尊敬する兄弟子にこう言う。

「もう一度、この学院の運営をやり直そう。お前が思い描いた、理想の学び舎にするんだ。俺はその為に来た」

＊　＊　＊

【賢者ゼファーの述懐】


「シュバルディン……」

私はどう反応していいかわからず、ただ弟弟子の名前を呼ぶことしかできなかった。

私は敗残者だ。まともな教官も揃えられないのに学校経営に乗り出し、挙げ句の果てに学校を乗っ取られた。我が師の教えに背いた結果がこれだ。

妹弟子のマリアムは呆れ返っている。

当然だろう。学校を乗っ取られた私は責任を放棄して、辺境の研究室で卑屈に日々を過ごしていたのだから。

長い人生の中でこれほどの失態を演じたことはない。

それなのに弟弟子よ。

「おいゼファー、さっさと学院の内部資料を全部見せろ。この学院が戦列歩兵に対抗する魔術師を育成しているのはわかっているんだ。本当に対抗できるか検証してやる」

蔑むでもなく、憤るでもなく、ただただ私を案じている男がいる。

「私を嘲笑しないのか、シュバルディン？」

「いやまあ、相変わらずバカだなとは思ってるけどな」

「それだけか？」

できもしないことをやろうとして失敗したのだ。おまけに後始末もしなかった。弟弟子たちには失望されて当然だ。

しかしシュバルディンは不思議そうに首を傾げている。

「当たり前だろ？　『三賢者』なんて呼ばれてても俺たちは人間だ。人間は弱い心を持っていて、よく過ちを犯す。で、過ちを犯したときに正しい道に引き戻すのが友……あー、うん、仲間ってもんだ」

友人と呼ぶのが恥ずかしかったのか、少しごまかすような口調で横を向くシュバルディン。口も態度も悪いが、昔から変わらない。

私は妙な安心感と罪悪感を覚えながら、肩の力を抜いた。

「お前は相変わらずだな。いつもそうやって他人の心配ばかりしている」

「だからそれが仲間なんだって」

私は知っている。

この弟弟子がかつて絶望と孤独と復讐に苦しんでいたことを。グランツ人を滅ぼすためにありとあらゆる邪法を研究した。一人でも多くグランツ人を殺すために。

だがそんなときでも、この弟弟子は他の者の心配ばかりしていた。

困窮しているゼオガ人がいれば、復讐も研究もそっちのけで助けに行く。ゼオガ人だけでなく、同門の弟子たちにも同じように接した。

復讐を生涯の目的と決めていたくせに、困っている誰かを見捨てられない。

とうとう最後にはグランツ人まで助けるようになり、この男の復讐はうやむやになってしまった。

復讐者としては三流、いや完全に失格だろう。

しかし今ならわかる。なぜ我が師がシュバルディンの入門を認めたのか。

それは彼に復讐の才が全くないからだ。師匠に助けられたことで、シュバルディンは生来の優しさを失わずに済んだ。

思えばシュバルディンは同門の八人の中で最も優しく、最も苦労性だった。

だから今も兄弟子の尻拭いなどという、愚かしいほどの苦労を平気で背負い込んでいる。

この男は愚か者だ。賢者であろうはずがない。

だが……。

この男が愚か者だったことを、私は何よりも嬉しく思う。

ありがとう、シュバルディン。

＊　＊　＊

ゼファーが俺に妙に生温かい視線を向けている。なんだあれは。気持ち悪いぞ。

「シュバルディンよ、お前は本当に愚かだな」

「助けてやるって言ってるのに何だその言い草は」

昔から失礼な男なんだよな。

まあでもあの視線からすると、本当の気持ちは別のところにあるんだろう。こいつも俺も途中経過を省略して喋る癖があるので、発言だけ見ても真意が全く伝わらない。

「ほら内部資料よこせ」

「うむ……ではこれを見てもらおう」

俺の領域に、学院の機密資料がまとめて転送されてくる。全部広げて空間に投影してみたが、かなりの量だ。

「ゼファー、これはお前が考えたものか？」

「いや、王立騎士団から上がってきた要望だ。私は軍事的なことがよくわからないからな。専門家の意見を尊重した」

賢明な判断だ。俺が知っている限りでは、ゼファーは戦場で戦った経験がなかったはずだからな。軍学とも無縁だ。

俺は資料に目を通し、王室や騎士団が何を求めているのかを確認する。戦列歩兵に対抗するために、どれぐらいの力を求めているのか。

王立騎士団はベオグランツ軍の火縄銃の性能をよく調べており、「射程」「火力」「連射性」の全てで火縄銃兵を上回る魔術師を要求していた。

しかも「なるべく短期間で」という条件つきだ。

「なるほど、要求水準としてはごくごく妥当だな」

「だろう？　だからそれに見合うよう、破壊魔法を訓練するカリキュラムを作ったのだ」

ゼファーはうなずいたが、俺は首を横に振る。

「いや、これではベオグランツとの戦争には絶対に勝てん」

「それはどういう意味だ？」

ゼファーが怪訝そうにしているので、俺は言ってやる。

「お前んとこの学院で育てた魔術師は、火縄銃相手に生き残ることはできないって言ってるんだよ。戦場に出せばあいつら全員死ぬぞ」

「そんなはずはない。理論上、火縄銃相手には圧倒的に有利なはずだ。射程、威力、連射速度、装備重量、全ての点において火縄銃兵を上回っている」

数字だけ見て判断するのは悪い癖だぞ。

するとマリアムがこんなことを言った。

「ゼファー、信じられないのなら実験してみればいいでしょう？　私たちは研究者なのよ？」

「まあそうだが……うちの生徒たちで実験するのかね？」

少し心配そうなゼファー。

彼の危惧も理解できたので、俺は簡単な実験プランを提示する。

「殺傷力のない銃弾と魔術で模擬戦闘をしよう。生徒たちに怪我はさせん」

「わかった。ではさっそく実験だ。……勝負ではないからな？」

「わかってるって」

俺も研究者の端くれのつもりなんだが、ゼファーの中では俺はまだやんちゃな新米弟子のようだ。

「それでシュバルディン、鉄砲隊はどうするの？」

マリアムの質問に、俺は腕組みして考える。

「師匠の『書庫』から適当な人工霊を引っ張り出してこようかと思っている」

「大丈夫なの、それ？」

「前にもやったから大丈夫だよ」

師匠の専門は死霊術だったので、霊関係の機能は充実しているし安全だ。

「十八世紀頃の戦列歩兵の霊体レプリカでも借りてこようかな」

「なにそれ」

「だからお前ら、もうちょっと『書庫』の異世界歴史書を読めよ」

人間のやることはどこでもだいたい一緒だから、異世界の歴史は役に立つんだぞ。

＊　＊　＊

【トッシュの驚愕】


「また二年生と勝負すんのかよ!?」

俺が呆れて叫ぶと、ジンのやつはいつも通り落ち着き払った態度でそっけなくうなずいた。

「勝負ではなく実験だが、実戦形式なのでそう見えるだろうな」

「どんな？」

恐る恐る聞くと、ジンはまた澄まし顔でとんでもないことを言う。

「ベオグランツ軍を模した戦列歩兵に本物の火縄銃を持たせて、二年生と戦わせる。戦列歩兵側を俺が指揮して、二年生がまともに戦えないことを証明する」

「それもう実験どころじゃ済まないよな？」

俺はドキドキしてるのに、ジンのやつは平気な顔をしている。

「心配するな、重傷者や死者は絶対に出さん。これは実験だからな」

「そういう問題じゃねーよ!?」

二年生の先輩たちだって、マルデガル魔術学院の生徒として一年間修業してきたんだ。それが「まともに戦えない」って証明されちまったら、立場がないと思うんだよな。

「いいのか、そんなことやっちゃって？　教官たちだって黙ってないぜ!?　自分たちが教えてきたことが無意味だなんて証明されたくないだろ!?」

するとジンは読んでいた本をパタンと閉じて、少しおかしそうに笑う。

「勝てるかどうかは聞かないのか？」

「いや、お前が負けるとは思ってねえから」

こいつが戦うときは絶対に勝つ。なんかそんな気がする。無謀に見えるんだけど、なんか何もかもお見通しって感じがするんだよな……だからたぶん、こいつには必勝できる確信があるんだ。

こえーよ。

まあでも、そんなところも俺の親友って気がするけどな。それにこいつの場合、ちゃんと加減ってものがわかってる。なんか大人っぽいっていうか、俺の爺ちゃんに似てるっていうか……。

だからジンは怖いけど怖くない。

きっと大丈夫だ。

「じゃあまあ、あんま無茶だけはするなよ……」

俺がジンの肩をポンポン叩くと、ジンはちょっと困ったような顔をする。

「お前にまで言われるとはな」

「他のヤツにも言われてんのか？」

「……まあな」

妙に懐かしそうな顔をして、ジンは少しだけ照れくさそうに笑った。

そいつもジンのこと、好きだったんだろうな。


こうして俺は、マルデガル魔術学院の教育が無駄なものだと証明することになった。

『魂の円卓』に存在する『書庫』には、異世界の事物まで幅広く記録されている。俺はここで、ベオグランツの銃士隊に一番近い兵力を調べた。

「この中だと、やはりナポレオンの大陸軍が一番近いか」

師匠が『神世界《かみよかい》』と命名した世界。その世界にかつて実在した軍隊だ。

当時の前装銃を最も有効活用するための兵科で、彼らは「戦列歩兵」と呼ばれている。

ベオグランツ軍も戦列歩兵を主力としていた。

しかしここで俺は頭を抱えることになる。

「しまった、こいつらの銃は燧発《すいはつ》式だ」

火縄銃の進化形で、火打ち石を使って着火するタイプだ。火打ち石をガチンガチンぶつけるので銃がブレて命中率が下がるが、面倒な火縄がいらないので取り扱いは簡単になる。

燧発銃の使い手は火縄の扱いを知らない。だがベオグランツ軍はまだ火縄銃だ。

カジャが問う。

「あるじどの、どうしますか？」

「別の軍隊にしよう。『神世界』で最も火縄銃が普及していた国といえば、ニッポンだな」

ニッポン、あるいはニホンという名の国では、燧発銃がほとんど普及しなかった。そのため、数百年にわたって火縄銃が用いられた。

だが今度は別の問題が出てくる。

「ニッポンには戦列歩兵がいなかったのか……」

参ったぞ、ちょうどいい連中がいない。やっぱり異世界だから微妙に違う。

しかし考えてみれば、ニッポンの鉄砲使いに足りないのは戦列歩兵の銃剣突撃だ。これは着剣した銃を短槍にして戦うので、短槍が使える鉄砲兵なら同じ動きができるだろう。

「となると、やはり士分か」

長槍は農民兵に持たせて槍衾を作る兵器だが、短槍は武人の武器だ。騎士や郷士などの士分、つまり職業戦士がいい。

火縄銃は農民兵や傭兵など、いわゆる「下っ端」に持たせる武器だが、ニッポンでは士分も積極的に火縄銃を使っている。大将格まで火縄銃を愛用したというから、つくづく不思議な国だ。

「カジャ、ニッポンのブシたちを検索しろ。短槍と火縄銃の扱いに慣れている連中を頼む」

「はぁい。ええと……シマヅという貴族に仕える士分たちが第一候補のようですよ」

「じゃあそれで」

第二候補以下にはサイカ、ネゴロといった傭兵集団が表示されているが、彼らが槍の扱いにどれぐらい習熟しているのかがわからない。

ここは無難にシマヅとやらを呼んでみることにする。

「『書庫』の霊的領域と魔力回線を接続します。読み込み中……」

ニッポンのブシたちを召喚するといっても、本当に呼べる訳ではない。彼らは異世界の存在であり、質量を持ったものを行き来させることはできない。

あくまでも師匠が「それっぽく再現した存在」を読み込むだけだ。

「読み込み完了しました」

俺の目の前に、何も身につけていない骸骨が五十体立っている。骸骨はこちらで用意したもので、これにブシたちの霊魂が転写されている。

このブシたちはあくまでも「それっぽいコピー」なので、言葉の心配はない。オリジナルとはかなり違う点もあるだろうが、とにかく火縄銃と短槍が扱えれば何でもいい。

「シマヅのブシだな？」

『左様、シュバルディン殿。我らは島津家に仕える武士、鉄砲衆にござる。もっとも本物ではござらんがな。我らもそれは重々承知しておる』

音声会話ではなく霊話だが、ちゃんと俺たちの言語でしゃべっている。やや古風だが。

彼らは自分たちがレプリカであることを認識しており、その上でなお士分としての誇りを持っているらしい。なかなか骨のあるヤツらだ。

俺は彼らに命令することもできたが、ここは敬意を払って相談を持ちかける。

「本物の戦ではなく試合なのだが、お前たちの武勇を貸してほしい。頼めるか？」

『知れたこと。武を求められて応じねば、我らが主家の家名に傷がつき申そう。何なりと申されよ』

うん、この感じは当たりだな。いいのを見つけてきた。

「では準備を始めよう。あまり日数がない」

『承知いたした』

まずは資料室の火縄銃を人数分コピーするところから始めないとな。時間を捻じ曲げ、違う時間に存在する同じ銃をかき集める。要するに「翌日の銃」や「翌々日の銃」を前借りする訳だ。過去の銃を借りることはできない。

「これやると銃がメチャクチャ傷むんだよな……しばらくずっと銃の手入れをしないといけない

し」

「前借りの後払いってことですね」

カジャがまるっきり他人事の口調でそう応じた。

そして数日後、魔術と鉄砲の勝負……いや検証実験が始まった。

魔術師側はマルデガル魔術学院の二年生たち約五十人。彼らは去年一年間の修業で、戦場で使える程度の魔術を習得している。

鉄砲側は俺が召喚した骸骨兵だ。中身はシマヅ軍の士分である。

「本当は背の高い帽子を被せる予定だったんだが……」

戦列歩兵につきものの長大な帽子を用意したかったのだが、ブシたちが微妙に不満そうな態度を示したので仕方なく旗指物に変更した。

彼らの背中には、円に十字を入れたシマヅの家紋が翻っている。

それを間近で見上げてから、俺は独り言を言う。

「まあいいか、こっちの方が効果ありそうだし」

俺は今回、この鉄砲隊の指揮官だ。戦う以上、自分だけ安全な場所にいるのは性に合わない。俺もゼオガの士分出身だ。

俺は腰に差した指揮刀を抜く。

「装弾確認！　火縄に点火しろ！」

こいつらは戦争のプロだし、ほっといてもきちんと仕事をするだろう。だが俺も指揮官らしく仕事をしないとな。

今回の「敵」である二年生の生徒たちは、ここからおよそ三アロン（三百ｍ）先に布陣している。お互いに射程範囲外だ。

俺は指揮刀を振りかざし、五十体の骸骨兵に命じた。

「二列横隊！　距離一アロン半まで前進！　狭間筒は先行せよ！」

骸骨兵が二列に並び、ざっざっと規則正しい早足で進軍を開始する。

魔術師たちはどうかなと思って見ると、やけに密集している。彼らは散兵戦術が可能なはずだが、やはりバラバラになるのは不安なのだろう。

しかし戦列歩兵相手に密集陣形は命取りだぞ。

俺は骸骨兵たちの先頭に立って歩き始める。矢が来ようが魔法が来ようが、大将は先頭。それがゼオガの戦心得だ。まさかこの年になって一軍の将になるとは思っていなかったが、人生というヤツは面白い。

「さて、さっさと終わらせるか」

こんな実験、結果は見えてるからな。

＊　＊　＊

【二年生総大将スピネドール】


「スピネドール！　骸骨兵だ！　骸骨兵が攻めてきた！」

「どうする⁉　どうしたらいいんだ⁉　なあおい、スピネドール！」

二年生たちが恐怖に引きつった顔で叫んでいるので、俺は片手でそれを制する。

「見ればわかる。まだ何もする必要はない。待つのも戦のうちだ」

「う、うん……わかった」

こいつら、戦場の雰囲気にすっかり呑まれている様子だ。まずいな。

確かにジンが率いている五十体の骸骨兵は、なかなか凄みがある。骸骨兵は入試のときに戦ったが、あのときとは迫力が違う。

今回、骸骨兵は本物の火縄銃を持っている。ベオグランツ軍の最新兵器と同じだ。

実を言うと俺も少し怖い。

「しかしジンのヤツ、俺を指揮官に指名したのは失敗だったな」

あいつは俺のことをそれなりに高く評価してくれている印象だが、俺の軍事的な才能については何も知らないはずだ。

たぶん「首席だから大将」ぐらいの軽い気持ちで指名したんだろう。

だがそれが決定的な誤算だ。

「フ……『弱者の鉄剣より強者の木剣』だな」

サフィーデの兵法でよく使われる言葉で、「弱い将に精鋭を率いさせても使いこなせないが、強い将なら弱兵で戦に勝つ」ぐらいの意味だ。

戦の帰趨《きすう》は将次第。つまり……。

「スピネドール！　敵がどんどん近づいてくるぞ！」

「ねえ、本当に攻撃しなくていいの!?　怖いんだけど!?」

まだ戦いの間合いに入ってないのに何を言ってるんだ、こいつらは。

せっかく一軍の将としていい気分に浸っていたというのに。

俺はケープをマントのように翻し、総大将として命じる。

「破壊魔法の威力減衰は距離の二乗に比例する！　これを『二重減衰の法則』と呼ぶ！　今撃っても当たらんし、まともな威力も出ない！　まだ撃つな！」

俺はジンの勉強会で魔術についても理解を深めている。あいつから学んだ知識であいつを倒すのだ。

それが学ばせてもらった者としての礼儀だろう。強くなったところを見せてやらねばな。

しかし相変わらず、二年生たちは弱気だ。

「でも、あいつらの弾も一アロンぐらい届くんだろ？　早くしないと撃たれちまう」

俺を見る二年生たちの目は、一様に怯えていた。

戦場では、攻撃を待つというのが意外と難しいのだな。ひとつ勉強になったぞ。

俺は少し考え、別の方向から二年生たちを安心させる。

「飛んでくるのは実弾じゃないし、俺たちには学院長の『矢除け』の術がかかっている！　本当の殺し合いじゃないんだ。いちいちうろたえるな！　一年に笑われるぞ！」

そう言って聞かせたが、こいつらはまだ不安そうだ。雰囲気に呑まれている。

（まあ、あの迫力じゃな……）

骸骨兵たちは細長い旗を掲げ、恐ろしげな太鼓の音と共に前進してくる。太鼓は歩調を合わせるためだろうが、やっぱり迫力はあった。

そして今、戦う場面になって気づいたことがある。

（骸骨兵どもの銃にはもう、弾が込められてるんだろうな）

銃のことは詳しくないが、弾と火薬を込めれば金具を引くだけで撃てるらしい。装弾済みの銃を構えて前進しているはずだ。

それに引き換え、こっちは呪文を唱え終わらないと攻撃できない。詠唱には最低でも数拍（数秒）、通常は十〜二十拍ほどの時間が必要だ。

「まだだ、まだ詠唱するな」

俺は望遠鏡で距離を確認しつつ、二年生たちを必死になだめる。

せめて一アロンまで近づいてこないと……。

そのとき、パパパパァンと連続した破裂音が鳴り響いた。鉄砲の射撃のようだ。

「うわっ!?」

「きゃっ！」

音に驚いた二年生たちが動揺する。尻餅をついた者もいた。

「た、大変だスピネドール！　撃たれてるぞ！」

「ただの威嚇だ、届く訳がない」

「でもほら、何人もやられてる！」

「落ち着け。尻餅をついただけだ」

だがよく見ると、一人だけ服にべっとりとインクがついていた。命中したらしい。『矢除け』の呪文でダメージは受けなかったが、模擬弾が破裂してインクを浴びたのだ。

しかし間合いが遠すぎる。どういうことだ？

「なあおい、俺って……」

インクを浴びた生徒が俺を見上げてきた。

「お前は『戦死』だ」

「くっそ……まだ何にもしてねえのに」

「いいから外に出ろ」

悔しがるヤツの背中を押し、戦闘区域外に退出させる。

「もう一アロンまで近づかれていたのか？」

そう考えて望遠鏡を覗いてみると、確かにそれぐらいの距離に見えなくもない。

だが俺は妙な胸騒ぎがした。今ここで反撃するのは、何か致命的な事態を招きそうな気がする。

ここは忍耐だ。

そう思っていたのに、あちこちから呪文を唱える声が聞こえてきた。

「火素招集！　第二階梯！」

「苛烈なる炎の守護者よ、我が敵を打ち倒す力を与えよ！」

俺が悩んでいる間に、勝手に詠唱を開始した連中がいる。

「待て！　まだ撃つな！」

俺は叫んだが、詠唱している連中は自分自身の詠唱する声で何も聞こえていないようだ。

（しまった！）

魔術師は精神を集中して呪文を唱える。その間はもちろん、まともな会話などできない。銃声と詠唱のせいで、みんな俺の指示が聞こえていないらしい。

「やめろ！」

俺の叫びもむなしく、気の早い連中が勝手に攻撃を開始してしまう。

放たれた火の球は、どれも敵陣の少し手前で消えてしまった。

おかしい。気が動転していようが、あれだけ魔力を込めれば一アロン先までは何とか届くはずだ。

そのとき俺はハッと気づく。

「旗だ！　敵は旗で大きく見せて、実際よりも接近しているように偽装している！」

骸骨兵が背負っている長大な旗のせいで、彼らは実際よりも大きく見えている。やはり敵はまだ一アロン以上離れているのだ。

しかし二年生たちは聞く耳を持たない。

「で、でも実際に弾が飛んで来てるんだよ！　やらなきゃやられちまう！」

「そうよ、スピネドール！　あなたも撃って！」

「俺が詠唱したら指揮できないだろうが」

くそ、指揮官は別の人間にやらせるべきだった。

二年生たちはすでに勝手に呪文の詠唱を始めていて、破壊魔法が散発的に飛んでいく。

「ええい、お前らいい加減にしろ！」

俺は叫んだが、この状況を解決できる方策が思い浮かばなかった。

＊　＊　＊

「大混乱だな」

俺は望遠鏡で戦況を確認する。

「『狭間筒』の狙撃を成功させるとは、大した腕前だ」

通常の火縄銃は一アロンしか届かないが、長大な銃身を持つ『狭間筒』なら二アロンは飛ぶ。本来は城壁の狭間、つまり銃眼に置いて使う銃だ。

狙撃を成功させた骸骨兵は、陣笠から黒い眼窩を覗かせる。助手の骸骨兵に銃身をしっかりと固定させ、二人がかりでの狙撃だ。

『なに、こんなものはまぐれ当たりよ。届けば当たることもある』

まぐれだろうが命中は命中だ。教育と違い、軍事において重要なのは結果だ。

狭間筒三門による先制攻撃で一発命中。おまけに相手を混乱させられた。上々の戦果だ。

「進軍停止。狭間筒、撃ち続けろ」

『承知』

二年生たちは火縄銃の基本的な性能を知っている。

だがそれが逆に、彼らの判断を誤らせる。

『有効射程は一アロンだから、撃って当たるのなら一アロンの位置にいるはずだ』

そう誤認させるための長射程火縄銃、狭間筒だ。

もともと、こちらは旗指物などで見た目を大きくしている。実際より接近しているように見えているだろう。

進軍を停止して一アロン半ほどの距離で待機していると、二年生たちの破壊魔法が大量に飛んでくる。しかし一発も届かず、途中で消えてしまう。さすがに遠すぎるようだ。

やがて火の球の頻度が落ちてきた。魔力が減ってきたのか、効果がないことに気づいたのか。

いずれにせよ、もう遅い。

指揮刀を振りかざし、俺は異界の戦士たちに命じる。

「敵の火力が落ちてきたな。前進を再開、歩度を上げろ。狭間筒は遺棄」

『承知した』

骸骨兵たちは霊話で応じると、速めの行進で間合いを詰め始めた。

もちろん、二年生たちも黙ってやられるはずはない。こちらが一アロンの間合いに入った辺りから、再び破壊魔法がガンガン飛んでくるようになった。

当然、骸骨兵たちにも被害は出る。

だが彼らの進軍が止まることも、隊列が乱れることもなかった。撃ち返す愚か者もいない。

「さすがは士分だ」

農民兵でも自分の家族や村を守るときは勇敢に戦うが、士分はそんなもの関係なしに常に勇敢に戦う。そうでなければ士分としての地位を失うからだ。

こちらは骸骨兵数体を失うが、やがて半アロンの距離まで接近する。

「進軍停止！　構え！　目標、敵大将！」

即座に骸骨兵たちが火縄銃を構える。

「放て！」

一斉に火縄銃が火を噴いた。

彼らの火縄銃にはライフリングが施されていない。この世界の技術力では大量生産の兵器にそんな加工はできない。鉛玉は不規則にスピンするから命中率は低い。

だがここまで接近すれば、人間サイズの静止目標には十分に当てられる。

四十数発の模擬弾が二年生たちに襲いかかると、一気に十数人がインクを浴びて「戦死」判定になった。二発以上被弾した生徒もいるので、かなりの弾が命中したことになる。

俺が最優先で狙ったのは敵の指揮官、スピネドールだ。よしよし、ばっちり「戦死」してるな。

彼の近くにいた生徒も全滅だ。

これでほぼ勝敗は決まったが、素人目にもわかるように決着をつけておこう。

「撃ち続けろ！　シマヅの『車撃ち』を見せてやれ！」

俺は指揮刀を振り上げ、シマヅの骸骨兵たちに命じる。

「シマヅの武勇を見せろ！　撃ちまくれ！」

『おう！』

骸骨兵は三体一組になり、二体が火縄銃の装塡を行っている間に残り一体が射撃をする方式で攻撃を続行する。斉射はできなくなるが、これなら三体が各個に射撃するよりも早い。

これがシマヅの銃士たちが得意とする「車撃ち」という戦術だ。類似の戦術はこの世界にもあるが、シマヅのブシたちの「車撃ち」は一糸乱れぬ凄まじい連射だ。こいつら協調行動が恐ろしく巧い。

さらにこの方法には、じわじわと前進していくという利点もあった。装塡を終えた射手がその場で撃つのではなく、最前列に走り出て撃つからだ。

みるみるうちに二年生たちはインクまみれになり、あっという間に半数以下になった。

当然、敵も撃ち返してくる。だが最初にかなりの無駄撃ちをしているので彼らの魔力は乏しい。

おまけに残存戦力が半数以下であり、火力密度が落ちている。

一方こちらも油断はできない。火縄銃は数発の射撃で銃身にススが溜まり、射撃性能が大きく落ちる。

だから無駄な射撃は一発でも減らし、最も効果的な場所と時間……つまり今ここで火力を集中させる。

「わっ!?」

「あぁん、もう！」

インクまみれにされた二年生たちが退場し、みるみるうちに数を減らしていく。残りは十人ほど。敵の組織的な戦闘継続が不可能になった。

「今だ！　銃剣突撃！」

骸骨兵たちが立ち上がり、着剣した銃や腰の刀を構える。

『おお！』

『命捨つるときは今ぞ！』

お前らはもう死んでる。

もちろん二年生の残存兵力は大恐慌に陥った。

彼我の距離は半アロン。武装した兵でも十拍あれば走りきれる距離だ。

それでも攻撃される前に破壊魔法を一発ぐらいは撃てるはずだが、応戦はほとんどなかった。

マルデガル魔術学院で学ぶ高速詠唱は、詠唱時間を短縮できる代わりに詠唱失敗率が上がる。パニック状態ならなおさらだ。

結局、生き残りの二年生たちはシマヅの骸骨兵たちに突き倒され、あるいは組み伏せられ、何もできずに木製の模擬銃剣を突きつけられることになる。

「ひぃぃぃぃっ!?」

「ま、参った！　降参だ！」

「やめてくれーっ！」

この骸骨兵たちメチャクチャ強いな。危惧していたトラブルが何ひとつ起きなかった。

素体となっている骸骨兵はそんなに強くないので、単純に中の霊たちの性能だろう。士気と判断力が高すぎる。……もしかすると実験要員として不適切だったかもしれない。

もはや戦闘区域内に戦闘可能な敵戦力はいない。俺は指揮刀を掲げ、勇敢なブシたちに命じる。

「我らの勝利だ！　攻撃中止！」

『おお！　勝ちどきをあげよ！』

『おう！』

いや、霊話だから。生徒たちには聞こえてないから。

ともかくこうして今回の模擬戦闘は、魔術師側の全滅という結果に終わったようだ。結果についてはおおむね俺の予想通りであり、新しい発見は何ひとつなかった。

つまり検証としてはこれ以上ないぐらい素晴らしい結果ということになる。

さて、ゼファーと検証結果について検討しよう。

＊　＊　＊

【敗軍の将・スピネドール】

「酷い有様だな」

俺は服にべっとりとついた赤いインクを見ながら、溜息をついた。周囲にいる他の二年生も例外なくインクまみれだ。

「実戦だったら、これが俺の血だった訳か……」

胸に一発。足……というか内股にも一発。もう少しズレてたら股間を真っ赤に染めてるところだった。

もし本当に太腿に実弾をくらったら、まず助からないだろう。ここをやられると出血が止まらないと聞いている。

もちろん胸の一発も命取りだ。要するに両方とも致命傷だった。

指揮に専念していたせいで、破壊魔法は一発しか撃てなかった。たぶん敵兵を一体か二体は仕留めたはずだが、俺の命と引き換えにするほどの戦果じゃない。

これが試合で良かったとつくづく思う。

少し向こうでは、あのジンが学院長と何か熱心に相談している。

「なぜこのような結果になったのかね？」

「魔術師側が集団戦闘に習熟していなかったことや、戦術や指揮系統に不備があったのが大きな原因だろう。生徒たちの実力自体は、火縄銃を相手にするのに十分なものだった」

「ふむ……。確かに純粋な性能の勝負ではなく、戦術と駆け引きの勝負だったな。だが結果は結果だ。実戦なら貴重な魔術師を五十人まとめて失っていたことになる」

「ああ、戦場に二度目はない」

ジンはうなずき、言葉を続ける。

「そして鉄砲隊の残存兵力はおよそ四十。目減りしたが、小隊としての機能は有したままだ。進軍して戦闘継続が可能だろう」

「これではサフィーデの将軍たちは納得せんだろうな」

「そうだな。仮に魔術師側がもっと善戦できたとしても、鉄砲隊の方が圧倒的に補充が早い。消耗戦になれば結果は明らかだ」

「確かに、そもそもの国力に差があるからな……。では抜本的な改善が必要か」

あの二人の会話を聞いていると、教師と生徒というよりも共同研究者のような雰囲気だ。やはりあの一年生、ただ者ではない。魔術師として強いだけでなく、軍才まである。

学院長は深く思案する表情を浮かべ、重々しく言う。

「これは一度、王室に報告せねばならんな」

するとジンが心配そうな顔をした。あいつ、あんな顔をすることがあるのか。

「それがいいとは思うが、学院側の責任問題にならないか？」

「だとしても事実を伏せることはできない。私たちは研究者なのだからな」

しばらく二人は熱心にあれこれ議論していたが、やがて「具体的な改善案は後にしよう」とうなずいて別れた。

そしてジンがこちらに歩いてくる。背後にぞろぞろと骸骨の銃兵を引き連れたままだ。

「ひっ……」

二年生の誰かが微かな悲鳴を漏らしたが、それは全員が同じ気分だっただろう。

あいつは得体が知れない。次はどんなことをしてくるのか、何をされるのか、誰にもわからない。俺だって怖い。さすがに失禁はしないが。

ジンは俺の前にまっすぐ歩いてくると、爽やかな笑みを浮かべてみせた。一戦交えた後とは思えない。

「実験に協力してくれて助かった。ありがとう」

「協力とはいうが、一方的に敗北しただけだ。マルデガル魔術学院の特待生ともあろう者が、こんな醜態では誇りに傷がつく」

するとジンは困ったような顔をして笑う。

「これは勝敗を競う勝負ではない。ただの実験だ。ただの実験結果でいちいち傷つくのも面倒な話だろう。第一、問題があったのはお前たちではない。この学院の指導方針だ」

「そうは言うがな……」

俺たちは自分の魔術に誇りを持っているんだ。そんなに簡単に割り切れない。

「この実験結果のおかげで、お前たちが戦場で死ぬ可能性は大幅に低くなる。生きてさえいれば、今よりも強く賢く、そして誇り高く生きられるだろう。今傷ついたとしても、それでお釣りがくる」

ジンは年寄りみたいなことを言うと、俺に小さな袋をポンと手渡してくる。

「それより服を洗濯すべきだな。これを使って日なたで干せ。その染料の色素は紫外線で分解される」

俺は渡された袋に見覚えがあった。

「これはもしかして……」

ジンはニヤリと笑う。

「その洗剤を渡すのは二度目だな」

「……ちっ」

その話を蒸し返すなっていうんだ。他の連中に聞かれたらどうする。

俺は以前の決闘で失禁したことを早く忘れようと、首を横に振った。

「洗濯してくる。おいみんな、寮に引き揚げるぞ」

歩き出してふと振り返ると、ジンは真剣な表情で何かを考えている様子だった。

あいつが何を考えているのか俺には全くわからないが、きっと途方もないことに思いを巡らせているんだろう。

ムカつくヤツだが、やはり気になる。

早く洗濯を済ませて、またジンからいろいろ聞き出すとしよう。

＊　＊　＊

俺は今、サフィーデ王国の首都イ・オ・ヨルデの王宮にいる。

ゼファーが先日の実験結果を王室に報告したからだ。俺はあくまでも一生徒のまま、ゼファーの使者としてここに来ていた。

「そなたがマルデガル魔術学院の特使か」

目の前にいるのは国王だ。フィオネル五世。

まだ四十代の溌剌とした若き王だが、かれこれ二十年近くこの国を治めているという。

即位して二十年近い……ということは、マルデガル魔術学院創立直後に即位した計算になるな。

実父であった先王はすでに没している。

彼が学院のことをどう思っているかで、対応を変える必要がありそうだ。

まずは挨拶だ。

「はい、お初にお目にかかります。特待生一年首席、スバル・ジンと申します」

賢者として知られている「シュバルディン」を名乗らなかったのには訳がある。

今回、ゼファーのヤツは演習実験の結果と、マルデガル魔術学院での教育が軍事教練としては効果的ではないことをはっきり報告した。俺はもう少し穏便な書き方がいいと言ったんだが、あいつはクソ真面目でクソ頑固だからどうしようもない。

だがもちろん、そうなるとヤツの責任問題になる。

それを回避するためには、俺は学生である必要があった。

案の定、宰相が横から口を挟む。

「ジンよ。報告書は既に陛下にも御覧頂いておる。マルデガル魔術学院には王室所有のマルデガル城を貸与し、長年にわたって多額の国費も投じておるのだ。承知しておろうな？」

「はい、存じております」

王室だって道楽で援助している訳じゃない。費用に見合った成果を求めてくる。

だから多額の予算をかけて育成した魔術師たちが、火縄銃の前にあっけなく敗れたとなれば大問題だ。

宰相はさらにこう言う。

「学院長殿が検証結果を包み隠さず報告してくれたことは、陛下も私も大変感心している。さすがは賢者ゼファー殿だ。だがそれはそれとして、ゼファー殿の見解をお聞きしたい」

「学院の現在の教育課程には確かに欠陥がありますが、それもひとえに勅命に忠実であろうとした結果にございます」

俺は慎重に言葉を選びながら、こう指摘する。

「わずか二年間の修業では、火縄銃に対抗できる魔術師は育成できませんでした。教材や指導方法なども工夫してきましたが、敵側の技術の発達に追いつけません」

マルデガル魔術学院ができた頃、ベオグランツ軍の鉄砲隊はまだ主力ではなかった。主力は長槍隊。鉄砲隊は長槍隊に随伴し、敵に先制射撃を浴びせるのが役目だった。

しかし今、ベオグランツ軍は鉄砲隊を主力にしている。それも戦列歩兵という、鉄砲隊を最も有効に活用できる戦術でだ。

「ベオグランツ軍の戦列歩兵戦術は極めて強力です。当初の想定よりも味方の損失が大きくなり、長期戦になれば戦力の供給が追いつかなくなります」

問題点を学院ではなく帝国側に押しつける。あいつらが強すぎるのがいけないんだ、ということにしてしまおう。

国王は眉間に深いしわを刻んでいたが、宰相が代わりに質問してくる。

「しかしそれでは約束が違うではないか。ゼファー殿の責任問題だぞ」

全くもってその通りだ。あいつが全部悪い。

……とは言えないので、俺は兄弟子をかばうために必死で弁舌を振るう。

「もともと人材不足で難渋していたのですが、コズイール教官長が学院を私物化したせいですっかり研究が後退してしまいました。実力と意欲のある学生が教官に採用されず、今のままではどうにもなりません」

とりあえずコズイールが全部悪いことにしてみたが、これだと学院を廃止されそうだ。

王室にしてみれば事情が何であれ、予算分の見返りがなければ納得しないだろう。実際、国王も宰相もそんな顔をしている。

そこで俺は苦渋の切り札を使うことにする。

「そこで現在、抜本的な改革を行っております。そのために『隠者』シュバルディンを招聘《しょうへい》いたしました」

「ほう！」

そう叫んだのは国王だ。

「『三賢者』のシュバルディン殿といえば、『隠者』の異名を持つ流浪の大魔術師！　各地で数々の伝説を残した、あのシュバルディン殿か！」

……ちょっと待ってくれ。

それ本当に俺か？

誰にも見えないカジャが、ぼそっと質問してくる。

『あるじどの、そんなに知名度ありましたっけ？』

『わからん……。フィールドワーク中、ちょこちょこ人助けをしたことはあるが』

逆に人の迷惑になることもやらかしてきた気がするので、自分でも何がなんだかよくわからない。

しかし国王は少し元気が出てきた様子で、眉間のしわがだいぶ減った。

「ゼファー殿も天下に名だたる大賢者だが、それを考えればシュバルディン殿も相当なものであろうな。しかも頭脳だけでなく、武勇でも名高い」

ううん？　本当に誰のことを言ってるんだ？

百年ぐらい前に俺がやったことなんて目撃者はもういないだろうから、尾鰭がついた形で伝承になっているんじゃないだろうか。

うーん、急に不安になってきたな。

まあそれはさておき、今は国王の説得が先だ。

「御安心ください、国王陛下。まだ少数ですが、戦場で活躍できる魔術師も育成できております」

「ほほう」

国王は興味を持ったようだが、宰相が渋い顔をする。

「しかし演習では、同数の銃兵を相手に全滅したのであろう？　しかも銃兵には大した損害を与えられず、一方的に敗れておる。これはゼファー殿御自身が申されておるのだぞ？」

そこは否定のしようがない。あいつらに鉄砲隊の相手は無理だ。

だが俺は不敵に微笑んでみせる。

「いえ、問題は当学院の現在の指導方法にあります。ゼファー学院長の知識や、人材育成にかける情熱はサフィーデの宝です。その証拠を御覧に入れましょう」

なんで俺が知らない人の前であいつを褒めなきゃいけないんだ。長生きすると理不尽な目に遭わされる。

俺は周囲を警備している衛兵たちを見てから、国王にこう求める。

「マルデガル魔術学院のごく一部の精鋭は学院長に鍛え上げられ、戦場で通用する力を持っています。試しにここにいる近衛兵全員に私を攻撃させてください」

「待て待て」

思わず国王がツッコミを入れてくる。

「そういう乱暴なやり方は好まぬな。そなたは前途有望な若者だ」

いや、前途有望な老人です。

「得物は鞘でも木剣でも構いませんので、とにかく打ち込んで頂ければ」

「うーん……まあよかろう。では皆の者、くれぐれも加減せよ」

国王の命令で、短い矛槍を持った近衛兵たちが俺を取り囲む。全部で六人。魔術師の小僧なんかの相手をさせられるので、みんな不満そうだ。

「やんちゃな小僧だ……」

「おい坊主、石突きや柄でも十分痛いからな。覚悟はしておけよ」

近衛兵たちを馬鹿にしている訳ではないので、俺は真顔でうなずいた。

「しくじったときは骨の二、三本は覚悟しています」

「ならばよし」

近衛兵たちが一斉に矛槍を構える。国王の身辺警護を任されるだけあって、全員かなりの手練れだ。構えに全く隙がない。こりゃ強いぞ。

「参る！」

近衛兵たちの動きを、俺は思念と空気の流れで読み取った。

正面の二人は石突きで突きかかってきたが、どちらも陽動だ。左右の近衛兵は俺の動きを封じる役。本命は背後の二人で、柄を使って俺を取り押さえるつもりだ。

完璧な連携。美しいと言ってもいい。

しかし俺の魔術は、もっと美しいぞ。

「歪め」

事前詠唱しておいた呪文を二つ、同時に解放する。どちらも危険なので一瞬しか使わない。タイミングが重要だ。

謁見の間に似合わない、激しい打撃音が鳴り響いた。

「なっ……!?」

近衛兵たちは目をぱちぱちさせて、俺をじっと見ている。

彼らの攻撃は全部外れた。彼らの矛槍は狙いを外し、俺の周囲の絨毯を打ち据えている。

「これは!?」

「どうやって捌いた!?」

物理的には何もしていない。俺は一歩も動いていないし、回避行動も取らなかった。

だから俺は種明かしをする。

「ほんの一瞬ですが、この場にいる全員の認識能力を歪めました。この術を使い続ける限り、『私を狙った攻撃』は決して当たりません。私の居場所を誤って認識するからです」

俺を狙わずに攻撃したら当たることもあるだろうけどな。銃弾が飛び交う戦場ではあまり意味がない術だ。

これだけだとあまり強い印象を与えられない。

だからもうひとつ、術を使っておいた。

「あれ?」

近衛兵の一人が急に驚いた声をあげる。

「俺の矛槍が!?」

彼の矛槍の先端には、突き刺すための槍の穂先と、敵を引き倒して捕らえるための鉤がついている。

しかし今、彼の矛槍についているのは鉤が二つだ。

「何だこれ、ひん曲がってやがる……」

すると別の近衛兵が叫ぶ。

「おい、お前の兜も歪んでるぞ!?」

「うわ、俺の鎧もだ！」

しっかりと鍛造された鉄兜や胸甲が、ぐにゃりと歪んでいる。

俺は余裕の表情を作ってみせた。

「魔法を使いました」

「な、なんて力だ……」

近衛兵たちが驚いている。

国王がうなずいた。

「なるほど。これが実戦なら、余は大切な忠勇の士を六名も失うことになっていたであろうな。見事だ。そなたらも無事で何よりである」

一国の王らしく、俺の実力を認めつつ近衛兵たちにも花を持たせる発言だな。近衛兵たちはその言葉に一礼し、壁際に引き下がる。

実を言うと、俺はそんな危険な魔法は使っていない。強引に鎧をねじ曲げるような術を使えば、狙いが少しずれただけで近衛兵たちを殺してしまう。

あれは金属加工用の魔法で、熱を使わずに金属分子の配列を変えるものだ。敵の武器を破壊するなど、護身にも応用できるので常備している。生身の人間には何の影響もない。

だが手の内を全部明かす必要はないので、俺はにこにこしていた。

それが逆に怖かったのか、国王はしきりに咳払いをする。

「うむ。喉元に鎧徹しの短剣を突きつけられた心地がするな」

やはりそうなるか。だが正直な王様だ。俺は軽く一礼する。

「普段はこのようなことはいたしません。力の片鱗を見せただけで警戒され、場合によっては迫害されますので。陛下を信じて御披露しました」

「そうか、では信義には報いねばな」

度量の広いところを見せてくれた国王だが、やはり落ち着かない気分らしい。

だって精鋭の近衛兵が六人がかりでも手も足も出ないようなヤツが、目の前に突っ立っているんだからな。無理もない。

これ以上怖がらせても意味はないので、俺は本題に入る。

「このようにマルデガル魔術学院には、一騎当千の魔術師が他にもおります」

同じ三賢者であるマリアムも、戦いになればこれぐらいはできる。あいつの魔法はもっとエグい。

魔女マリアムの秘儀は生命を対象にするからな。

「ベオグランツの脅威に対しては、当学院にお任せください。我ら精鋭が一万の軍勢でも蹴散らして御覧に入れましょう」

すると国王、さすがに怖がってばかりもいられないと気づいたらしい。険しい表情をして、為政者の顔になる。

「国防は国家の要である。安請け合いして良いことではないぞ。もしできねばそなただけでなく、ゼファー殿や魔術学院そのものにも責を負ってもらわねばならぬ。それだけの実力と覚悟はあろうな?」

「はい。さすがに攻め込むのは容易ではありませんが、守るだけならいかようにでも」

いくつかの魔法を組み合わせれば、兵法の常識を覆すような反則じみた切り札が生み出せる。ほとんどの兵法は魔術師の存在を全く考慮していない。

「掛け値なしに一万の軍勢なら追い返せます」

「その言葉、間違いないか?」

「はい。お約束しましょう」

ただ個人でそれをやってしまうと、為政者から猛烈に警戒される。そんなことができるのは人間を超越した化け物だからだ。

ゼファーが自分でベオグランツと事を構えなかったのも、おそらくそれが理由だろう。俺だってやりたくない。下手をすれば味方から命を狙われる可能性すらある。危険すぎる。

しかしゼファーと魔術学院を守るためには、魔術学院の人間が軍事的に役立つことを証明しなくてはいけない。

生徒たちにそんな力はないし、やらせたくもない。

だから俺がやるしかない。

「このスバル・ジン、隠者シュバルディンに師事し、今はゼファー学院長からも指導を受けております。学院存続のためにも、この国を守るのにお役に立ちましょう」

なんで俺がそんなことしなくちゃいけないんだ。

こうして俺は、国王に魔術学院の存続と教育カリキュラムの改善を約束させた。その代わりにやりたくもないことを安請け合いし、どんどん深みにはまっていくのだった。

だから世俗と関わるのは嫌だったんだよ。

兄弟子のバーカバーカ。

＊　＊　＊

【王の決断】


サフィーデ国王フィオネル五世は、執務室で長いこと思索に耽っていた。

（父上の言葉を思い出すな……）

『よいか、フィオネル。今後は火縄銃が戦の中で無視できぬ存在となる。隣国ベオグランツも火縄銃に目をつけた。我が国も対抗せねばならん』

『しかし父上、我が国には火薬の材料となる硝石がございません。火縄銃を作れる鍛冶職人も少なく、そもそもあんな高価な武器を買いそろえる財力も……』

『であれば、火縄銃以外の方法で対抗するのだ』

『火縄銃以外の方法……？』

『私は魔法こそがその突破口ではないかと考えている。実は先日、高名な魔術師が訪ねてきてな。今度お前にも引き合わせよう』


隣国ベオグランツとの戦いに備え、魔術師たちを鍛えるマルデガル魔術学院の創立。

それが父の最後の仕事になった。

（父上の決断は間違っていたのか？　この二十年は無意味だったのか？）

そうとも言い切れないと、フィオネルは思い直す。ジンという少年が見せた魔術の奥義は凄まじかった。

そこに宰相が入ってくる。

「お待たせしました、陛下」

「おお、そなたが直々に来てくれたか。侍従の誰かをよこしてくれれば十分であったものを、わざわざすまんな」

フィオネルは老臣を労ったが、宰相は首を横に振る。

「国家の存亡につながりかねない情報ですので、そうそう他人には預けられません。こちらが学院関連の予算の監査報告書、そしてこちらがベオグランツに放った密偵からの報告書にございます」

フィオネルは書類に目を通すが、細かい文字だらけなので早々に読むのを諦めた。

「概要を頼む」

「コズイールが教官長になった直後から、予算申請の額が急増しております。内容がまたつじつまの合わないものばかりで、なぜこんなものが通ったのか……」

それはフィオネルもわからなかったが、だいたい想像できた。

「おおかた役人の誰かに金でも握らせていたのであろう。まあよい」

汚職と役得の境界線は微妙だ。それに誰と誰が関わっていたのか、調査するにも役人がいる。その役人が買収されないとも限らない。きりがなかった。

「帝国の動きはどうだ？」

「異教徒から硝石を大量に買い集めているようです」

「硝石とな？」

なんとなく聞き覚えがあるが、何に使うものか思い出せない。

「陛下、硝石は火薬の原料ですぞ」

「おお、そうであったな」

宰相はさらに報告書の一文を読み上げる。

「それと市場の警備にあたっているような末端の兵にまで、火縄銃が行き届いているとのこと。べオグランツでは、槍ではなく銃が兵士の象徴になっているそうで」

「ふーむ……大した財力と生産力だ。羨ましい」

「呑気なことをおっしゃいますな」

叱られてしまった。

（サフィーデに帝国ぐらいの国力があれば、私も楽できたのだが）

とはいえ、ないものはないのでフィオネルは考える。

「やはり魔術師の力を借りねばならんかな？」

「ジンと申すあの少年の魔術、実に見事なものでした。あれを我が方の密偵たちが使いこなせるようになれば、それだけでも価値はあるかと」

敵の認識を狂わせられるのなら、潜入も暗殺も思いのままだ。鎧をひしゃげさせるほどの魔法があれば、丸腰でも標的を殺せる。

「今さら学院を廃止しても何も得るものはない。私と父が笑いものになるだけだ。ジンは一万の兵でも撃退できると申しておるし、今しばらく様子を見るか」

「かしこまりました」

宰相は軽く一礼した後、こう続ける。

「二十年もかけてまともな成果が出ていないのが不安ですが、『隠者』シュバルディンも来たとなれば多少は期待できましょう」

「そうだな。……そうだといいな」

少し不安になってくるフィオネルだった。

＊　＊　＊

俺はぶつくさ文句を言いながら魔術学院に戻ったが、帰ったら帰ったで面倒事が待ち受けていた。

「皆の者、よく聞いてほしい」

学院長であるゼファーが、教官たち全員を集めて重々しく告げる。

「特待生一年首席のジンは、実は私の古い友人シュバルディンだ」

おい待て、誰が友人だ。文句を言いたかったが、話の腰を折るのも悪いので今は黙る。後で覚えとけよ。

ゼファーの言葉に、教官たちがざわめく。

「シュバルディン!?　あの『隠者シュバルディン』ですか!?」

「三賢者の一人と名高い……」

賢者とか呼ばれても特に何もせず、放浪しながら研究ばっかりしてたんだけどな。なんでそんなに知名度があるのか疑問だ。

ゼファーはなぜかちょっと誇らしげな表情をしてうなずいた。

「そうだ。私が創設した学院のことを心配してくれてな。その結果、諸君には気まずい思いをさせてしまったことと思う」

ちくりと皮肉。ゼファーは学院の現状に不満を抱いているが、出資者である王室に対しては何も言えないのだ。

王室や諸侯は自分たちの子弟やお気に入りの家臣などを学院に送り込み、教官や職員として採用させている。実力ではなくコネで採用されているから、中身はお察しだ。

ゼファーはここぞとばかりに日頃の不満を晴らす。

「戦闘実験の検証でも、我が学院の生徒にはベオグランツ軍の相手は無理だとわかった。前途ある若者を戦場で無為に死なせる訳にはいかん。教育課程の刷新が必要だ。そこで、シュバルディンを教官長に任命する」

ちょっと待て。今聞いたぞ。

「コズイール教官長については、私が直々に調査を行った。彼は蔵書を粗悪品で賄うことで、差額を懐に入れていたようだな」

俺もつい先日知ったのだが、コズイール教官長は立場を悪用して私腹を肥やしていたという。図書館の蔵書がゴミばかりなのは、つまりそういうことらしい。

ゼファーのやつが学院の運営から離れてしまったせいで、現場のトップであるコズイールに権力が集中し過ぎた。明らかにゼファーの怠慢だ。

これで「三賢者」とか呼ばれてるんだから、賢者の程度が知れるというものだ。

「栄えあるマルデガル魔術学院の蔵書が、盗品や粗雑な写本であって良いはずはない。コズイールは悪事が露見するのを恐れ、エバンド主任教官と共謀してシュバルディンを殺害しようとした。……だが、百戦錬磨のシュバルディンの敵ではない。エバンドはコズイールに捨て駒として殺され、コズイールは現在も『行方不明』だ」

公式には行方不明。でも返り討ちに遭って殺されたのは周知の事実。

これが今回の件のちょうどいい落としどころになった。コズイールの実家など、各方面に配慮した結果だ。

「行方不明……？」

「なあ、それってやっぱり……」

「しっ、余計なことを言うな」

教官たちは恐怖の色を浮かべて俺をちらちら見ているので、俺は仕方なく腕組みなどして威圧感を演出してみせる。なんで俺がこんなことしなきゃいけないんだ。

でも腕組みしたところで外見は十代の子供だから、威圧感なんか全くないだろう。

ゼファーは続ける。

「シュバルディンは空席となった教官長に就いてもらうが、実際の教務は私が陣頭指揮を執る。シュバルディンには生徒目線で講義の監査を任せる予定だ」

だから聞いてないっての。お前、事前に一言言っておくぐらいの配慮はしろよ。使えねえ賢者だな。

組織の運営という点においては、ゼファーの手腕はあまりアテにできない。こいつは魔術の研究では間違いなく天才だが、それ以外では普通の人だ。

そしてまた、俺は教官たちの視線を集める。俺が溜息をつくと、彼らは明らかに動揺した。別に君たちに何か言いたい訳じゃないので勘違いしないでくれ。

ずっと黙っているとますます誤解されそうなので、俺は仕方なく口を開く。

「今まで諸君を欺いてすまなかった。そういう事情なので、しばらく当学院の改善に協力させてもらう。生徒や他の職員たちに知られることのないよう頼む」

なんで俺が学校運営の再建に協力しなきゃいけないんだよ。


こうして俺は「シュバルディン教官長」という新しい顔を持つことになったが、もちろん教官たちの中には不満も大きい。

まず教える内容が大きく変わるので、教官たち自身が猛勉強する必要があった。ごくごく初歩的なものだが、数学や物理の基礎をゼファー自身が短期間で叩き込む。

しかしここで問題が発生した。

ここの教官たちはコネで採用された者が多い。一応、特待生試験は突破しているので破壊魔法の投射については確かな腕を持っているのだが、それ以外がまるでダメだ。当然のように脱落者が出る。

それでも向学の意志のある者は良かったが、心が折れて退職を申し出る者が続出した。

「ゼファー、お前の指導は相手に寄り添っていないぞ」

「これでも精一杯、教わる者に寄り添ったつもりなのだがな……」

離職の挨拶を済ませて去っていく教官たちを見送りながら、ゼファーが溜息をつく。

「私にとって数学は空気と同じもの。呼吸の仕方をどう教えれば良いのか、私にもわからんのだ」

俺も溜息をつく。

「優秀すぎるのも考え物だな。俺は数学も物理も苦手で良かったよ」

「ならお前が教えれば良かったのではないか？」

「無茶言うな」

俺は数学や物理が苦手な者の立場に立つことができるが、教えるための知識が足りない。細かい演算などは使い魔のカジャに丸投げなので、自分では数学ができないのだ。

ゼファーは静かにうなずく。

「天性の素質はなく、それでいて知識豊富な者こそが最も優秀な教師になれるのかもしれんな」

「師匠もそんなことを言っていたな。学問の喜びと苦労、その両方を知っていなければ、学問を教えることは難しいと」

するとゼファーは目を細めて、どこか遠くを見つめる。

「師が去った後にも、改めて師から学ぶことが多いな……」

感心してないでお前は去った弟子の方を何とかしろよ。

去った者たちは数学や物理についていけなかっただけでなく、ゼファー主導の新体制にも不満だったのだろう。

ガチガチの研究者であるゼファーが相手では、予算のごまかしや指導の怠慢は許されない。楽して給料をもらうことができなくなった。

俺は名簿を眺め、それから学院長殿にこう申し上げる。

「残った教官たちのうち、数学や物理が苦手な者には引き続き実技の指導を任せよう。数学や物理を修めた者は少ないが、各学年で講座を開くには十分だ」

「そうだな。私も賛成だ。シュバルディンよ、やはりお前は師が見込んだ通りの逸材だな。魔術だけでなく、あらゆる分野で力を発揮する」

「おだてて俺に実務全部押しつけようとしても無駄だからな」

だから兄弟子は嫌いなんだ。

＊　＊　＊

【トッシュの素朴な疑問】


最近、うちの学院は講義の様子がおかしい。

「えー……破壊魔法の基本原理だが」

教官が説明しているのは、破壊魔法の基礎理論だ。ジンに教えてもらった内容と重なっている部分もある。

「全ての魔法は、魔力という未解明の力を源泉にしている。魔力は熱や光？　など、さまざまな力に交換できる力の……そう、『力の通貨』だ。ここは非常に重要なので、必ず覚えてほしい……うん」

微妙に自信なさそうなのは何なんだ？

それと、さっきからチラチラこっちを見てくる。

いや、見てるのは俺じゃない。

隣に座っている、四天王筆頭のジンだ。

ジンが率いる骸骨銃兵が、二年生たちを一方的にぶちのめしたあの試合から半月ほど。講義の内容が大きく変わり、俺たち一年生は座学が中心になった。

そして不思議なことに、教官たちがジンを怖がっているように見える。

いや、不思議じゃないな。

「見ろよジン」

俺はジンをつつく。ジンは露骨に迷惑そうな顔をしているが、俺はそういう細かいことは気にしない主義だ。

「あの教官もお前を見てるぜ」

「だから何だ。静かに聞いてろ」

つれないな、親友。だがそんなところも嫌いじゃないぜ。

教官たちがジンを怖がってる理由ははっきりしてる。自分たちが鍛えた二年生が、銃の前にあっけなく負けたからだ。

それにコズイール教官長とエバンド主任教官の失踪。

そしてゼファー学院長の突然の帰還。

どれもジンが関わってると、みんなが噂してる。

まあ俺はジンに直接聞いてみたんだが、こいつは否定も肯定もしなかった。

長い付き合いだからわかるが、こいつがはっきり否定しないときは肯定とみていい。ジンは嘘が嫌いだからな。隠し事が下手なんだ。

俺は親友として、ジンの肩を優しく叩く。

「俺だけはお前のこと、ちゃんとわかってるからな」

「いいから前を向け」

素直じゃないなあ……。

俺は前を向いて教官の講義をノートに書き取りながら、ジンのことを考える。

魔術の腕は超一流。大賢者と名高いゼファー学院長さえ一目置くほどだ。

魔術以外の知識も豊富で、兵を率いれば二年生が束になっても一瞬で蹴散らしちまう。

おまけに何とかいう格闘術の使い手で、乱闘になっても一瞬で全員やっつける。

いいなあ……俺もそれぐらい強くなりたい。就職先はよりどりみどり、仕官すれば出世間違いなし。一代限りの貴族として自分の領地ぐらい持てそうだ。

もちろん女の子にもモテモテだろう。金も名声も溢れるぐらい手に入るぞ。

想像するだけでにやけてくる。

それなのにジンときたら、今日も講義を黙って聞いているだけだ。

俺だったらもっと自慢するし、学院の人気者を目指すけどなあ。親友としてもそのへんは謎なので、俺は首を傾げるしかない。

こいつ、いったい何が楽しくて生きてるんだ?


講義の後、俺は寮の食堂で昼飯を食う。

「……というのが謎なんですよ、スピ先輩」

「お前の疑問の方が謎だが。あと俺をスピ先輩と呼ぶな」

相談相手は特待生二年首席、スピネドール先輩だ。

他の一年は怖がって声をかけようとしないが、俺はジンがスピネドール先輩をあっけなく倒したのを知っている。ジンの前じゃ俺もスピネドール先輩も同じ未熟者、大差ないってことだ。

だから仲良くなることにした。

「だいたい何で『スピ先輩』なんだ。略しすぎだろうが。せめて一音足して『スピネ先輩』だろう」

「どうでもいいじゃないですか、そんなこと」

「良くない」

スピ先輩は秀才なんだけど、細かいことにうるさいんだよな……。

あと、思ったほど怖い人じゃなかった。すぐ怒るし神経質だけど、他の二年の特待生と違って落ち着いてる。やっぱり秀才だからだろうな。

「でもスピ先輩だって、ジンぐらい強かったら誇りに思うでしょ？」

「そうだな……。おい、だからスピ先輩はやめろと言っている」

他の一年生が怖々見守る中、スピ先輩は伏し目がちになって考える様子を見せた。

あ、このポーズかっこいいな。なるほど、これがスピ先輩のモテ仕草か。

後で俺も練習してみよう。

スピ先輩は顔を上げると、こんなことを言う。

「あいつはお前が思っているよりも遥かに凄い男だ。お前みたいな価値観は持ってないんだろう」

「人気者になりたいとかモテたいって、価値観で違うもんなんですかね」

なりたくないヤツなんかいるの？

するとスピ先輩は親指でクイッと後ろの席を示す。

「当然だ。本当に優秀な人間は上しか見ていない。あいつを見ろ」

スピ先輩が指差したのは、一年の特待生四天王の一人アジュラだ。

アジュラは燭台のろうそくに手をかざしている。暖まろうとしてるのかと思ったけど、ろうそくに火がついてない。

「あいつがどうかしたんですか？　ていうか、あいつ何やってるんです？」

「風の精霊に呼びかけてるんだ」

「あいつは火の精霊使いですよ?」

「そんなことはわかってる。俺も火の精霊使いだからな。いいから黙って見てろ」

スピ先輩は不機嫌そうに言う。

アジュラはろうそくを前にうんうん唸っていたが、そのうち精霊に呼びかける声が聞こえてきた。

「大気の精霊よ、震えなさい。静かにその場で震えなさい。静かに、もっと激しく」

なんだありゃ。

「あの、スピ先輩……」

「黙ってろ」

「はい」

スピ先輩が真剣な表情なので、俺は黙る。おちょくって大丈夫なときと、そうでないときの区別ぐらいはつく。

アジュラはその後もうんうん唸っていたが、とうとう最後に叫んだ。

「震えよ!」

次の瞬間、ろうそくの芯にポッと火が灯った……けど、すぐに消えた。火が弱すぎたんだろう。

芯が少し焦げただけだ。

でもアジュラは会心の笑みを浮かべて、グッと拳を握る。

「よっしゃ! できた!」

訳がわからなかったので、俺はスピ先輩を振り返った。

「あの先輩、俺って元素術の人なので、何が何だかさっぱり……」

スピ先輩は小さくうなずく。

「あいつは今、風の精霊を使って火を起こしたんだ。元素術使いにはわからんだろうが、普通ならありえないことだ」

「それって凄いんですか」

「サフィーデのどの精霊使いにもできないだろう。俺にも無理だ」

じゃあ凄いんだ。

そこにアジュラがやってくる。

「トッシュ、今の見た？」

「ろうそくに火をつけようとして失敗したのは見た」

「失敗じゃないわ。まあ、威力が足りなかったのは認めるけど……。でもこれでジンの知識が本物だってことが証明できたわ」

するとスピ先輩が食いつき気味にアジュラに質問した。

「では空気の『粒』を振動させて、熱を生じさせたのか」

「そうよ、先輩。やってみたら本当にできちゃったから、私もびっくりしてるところ」

「そうか」

空気の粒……。ああ、それなら俺も聞いたぞ。万物は目に見えないほど小さな粒が集まってでき

ているって。空気も例外じゃないらしい。

そしてその粒が激しく震える状態こそが熱の正体だという。

俺は少し考え、それからハッと気づく。

「もしかして、凄いことをやったのか⁉」

「だからそう言ってるでしょ、バカ」

「本当にお前はバカだな」

アジュラとスピ先輩から同時にバカ呼ばわりされた。でもバカ呼ばわりされるのは慣れてるから別にいい。

「発火は火の精霊だけが持つ力だと思ってたけど、粒を振動させてやれば風の精霊でも物を燃やせるのね。まだ効率が悪いけど、将来的には戦いにも使えそうよ」

アジュラが得意げに笑うと、スピ先輩はギュッと険しい表情をした。それから息を整え、アジュラに頭を下げる。

「俺にその方法を教えてくれ。その代わり、実用化に向けた研究に全面協力する」

「ん？　もちろんいいわよ」

当たり前のような顔をしてアジュラが笑う。

「だってこれ、ジンに教えてもらったことを確認しただけだもん。むしろ私からもお願いするわ。同じ火の精霊使い同士、肩肘張らずに仲良く一緒にやりましょう」

アジュラは嬉しそうで、スピ先輩に心を開いている様子だ。俺相手のときとは全く違う。

なるほど、これがスピ先輩のモテテクニック……。参考になるな。やっぱ特待生首席は違う。

同じ特待生首席でも、ジンのモテテクは全然参考にならないからな。あいつのは実力一辺倒だから真似しようがない。

そういやジンのやつ、今日はまだ姿を見てないな。

どこ行ったんだ？

＊　＊　＊

俺は荒野の真ん中で、腕組みしていた。

ここはサフィーデとベオグランツの国境地帯にある荒野で、「鉄錆平原」の名で知られている。

有史以前からここは幾度も戦場になっていて、少し掘れば錆びた武具がぼろぼろ出てくるからだ。

サフィーデは周囲を山脈に囲まれているが、南東側にあるこの鉄錆平原だけは開けている。

そしてこの地平線の向こうには、強大なベオグランツ帝国があった。

「うーむ」

とりあえず地図をもう一度確かめてみるか。

「カジャ、地図を表示しろ」

「はぁい。空間投影します」

目の前の空間に地図が表示される。サフィーデ王室から借りた、この国で最も精密な地図のコピーだ。

市販の地図は農業用や旅行用、あるいは徴税用などの用途別にディフォルメされている。つまり意図的に歪めてある。使いやすくするためでもあるが、最大の目的は敵に地理を把握させないためだ。

精密な地図は高度な軍事機密であり、極めて厳重に管理されている。

ただ、俺はそれさえも完全には信用しなかった。地図上に記された目標物のうち、監視塔と国境の村、それに小川に架かる橋を示す。それぞれの距離は二十アロン（約二㎞）ほどだ。

「カジャ、地図のこの三地点の座標を記録。地図の精度を検証しろ」

「えー……では少し時間をください」

「わかった」

小さな黒猫が一生懸命走っていく。他の作業をしながら待っていると、やがて測量の結果が出た。

「測量結果を地図に反映します」

元の地図が少し歪んだ。

監視塔と村の距離方位は正確だが、橋の位置が一アロンほど南東にズレているようだ。五％ほどの誤差がある。

「こんな狭い範囲でさえ、これだけ誤差があるのか」

「どうします？　これ全部更新しますか？」

「いや、必要ない。戦術レベルならこれで十分だ」

測量技術の問題というよりも、予算と人員の問題だろうな。ここは無人の荒野だから細かく測量しても無意味だ。

俺は投影された地図に指で線を何本か引いていく。

「敵が取り得る侵攻経路は、このいずれかになるだろう」

「なんでわかるんですか？」

「他の経路だと輜重《しちょう》隊が通れないからな」

歩兵や騎兵は頑張れば悪路でも進軍できるが、馬車はそうもいかない。馬車は砂地や岩場を通れないし、湿地や斜面も苦手だ。柔らかい地面でさえしょっちゅう立ち往生する。

そして主要都市や城塞の城門を攻略するには、馬車が運ぶ大型砲や大量の弾薬が必須だ。食料と違って、これらはなかなか戦地では略奪できない。

「これらの経路のいずれも、この地点の近くを通る」

俺が指差したのは、街道沿いにある小さな丘だ。てっぺんにはサフィーデ軍の古い監視塔が一本にょきっと建っている。いい位置に建てたと思う。あそこなら地平線の向こうまで見えるぞ。

サフィーデ人たちが昔から国防に心血を注いできたのがよくわかる。

ただ最近はサフィーデ王室お抱えの交易商たちが国境を行き来して常に情報収集しているそうで、無人の荒野にまで監視部隊を置く必要がなくなった。今は無人だ。

ちょうどいいので、あの塔を借りよう。

「あの塔に『作業員』を集積して、防戦準備を進めよう。マリアムに連絡してくれ」

「はぁい、魔力回線つなぎます」

それから俺は学院と鉄錆平原を毎日のように往復し、敵の侵攻を阻む準備を続けた。

マリアム、いやマリエも手伝いに来てくれる。

「私の得意とする生命の術は、戦争に無縁だと思っていたけれど……」

「戦争は命のやりとりだから、むしろ密接な関係があるぞ。だが今回はそれとは別だ。鉄条網を作ろうと思ってな」

十代の姿をした魔女は、怪訝そうな顔をする。

「鉄条網って何？」

「師匠の『書庫《アーカイブ》』に記録されているのに知らんのか。戦列歩兵といえば鉄条網だ」

機関銃もあれば最高だが、ちゃんと作動する機関銃は極めて高い工作精度が要求されるようだ。そもそも「書庫」にも設計図がない。

「まあ本当は魔法で巨大な城壁でも建てちまえばいいんだが、城壁は大砲で崩される。おまけに予算不足だ」

大量の石材を準備するとどんでもない費用がかかる。魔法で作るにしてもタダという訳にはいかない。材料と魔力を集めるのにやはり膨大な費用がかかる。

「鉄条網は安価な上に破壊が難しい。敷設も容易だ」

「ふーん」

マリエは愛用の魔術書を取り出し、『書庫』にアクセスしているようだ。鉄条網のことを調べているのだろう。

そして当然のように疑問をぶつけてくる。

「でもこれ、生命とは何の関係もない鉄製品じゃない。おまけに高度な技術力と生産力が必要みたいよ？」

「ああ。サフィーデ中の職人を集めて作らせても、この平野に敷設する量の鉄条網は作れないだろうな。そこで代用品を探してみた」

俺は『書庫』の情報を引っ張り出し、空間に投影する。

「だいぶ前にカラカドス地方の奥地を調査したときに、面白い植物を見つけてな。『竜茨《リユウイバラ》』と命名したんだが、覚えてるか？」

「初めて聞く名前だわ」

お前らが俺の報告書を全く読まないからだろ。

「そこは草食性の竜たちが生息していた地域でな。熊や狼などが怖がって近寄らないせいで、植物と草食動物しかいない環境だったようだ」

草食だからといって温厚な訳ではなく、竜たちは侵入者には容赦しなかった。だいたいの竜は縄張り意識が強い。巨体を維持するために大量の餌が必要になるからだ。

「でまあ、おそらく数万年にわたってむしゃむしゃ食われ続けた結果、植物の方も生き残るために特殊な進化をした。そのひとつが『竜茨』さ。お、来た来た」

話しているうちに、マリエから借りた『作業員』たちがやってきた。

マリエが溜息をつく。

「それで『豊穣の子』たちをあんなに作らせた訳ね」

やってきたのは動く土人形たちだ。人間よりも一回り大きい。

戦闘や作業に従事させるのが主な目的だが、マリエの場合はちょっと違った。

彼女は腐葉土を運搬するのに使う。方法は実に単純で、腐葉土をゴーレムにして歩かせるだけでいい。目的地で術を解除すれば、ただの腐葉土に戻る。

今回は『竜茨』の好きな土壌でゴーレムを作ってもらった。種を植えつけておいたので、後は所定の位置で土に戻すだけだ。

カジャがゴーレムたちに指図している。

「はーいこっちこっち、こっちですよー！　一セノン（約一・七ｍ）間隔に並んで、すっぽり寝転がれる穴を掘ってくださーい！　掘ったら埋まって土に戻ってくださーい！」

もう少し言い様はないのか。ゴーレムだからいいけど。

作業の様子を見守りながら、俺はつぶやく。

「『竜茨』は竜の咀嚼にも耐え、胃酸でも酵素でも消化されない。とにかく強靭だ。火にも強い。煮ても焼いても食えなかった」

「竜の咀嚼や胃酸に耐えるのなら、刈り取るのは大変でしょうね……って、食べようとしたの？」

したよ？

セルロースはデンプンでできていると『書庫』で読んだ記憶があったから。

結論から言えば、デンプンにするのは俺の知識と魔術ではほぼ無理だった。

どうして人はセルロースを分解できないのだろう……。

俺は悲しい思い出を振り払い、マリエに説明する。

「さらにこいつらは地下茎を伸ばして広がるから、地上部分を刈り取ってもすぐに再生する」

さすがの竜たちもこれは持て余したようで、他の植物を食べるようになった。すると他の植物が食べられた空き地に竜茨がどんどん根を伸ばし、一帯は竜茨しか生えていない大草原になってしまった。

その後、竜たちはいなくなった。飢えて滅びたのか、新天地を求めて立ち去ったのか、今のところは定かではない。

そして竜茨は残った。

しかし今では他の植物も復活し、徐々に植物相が変わりつつある。竜茨は捕食者に対しては無敵を誇るが、他の植物との競争では無敵ではないようだ。

というような調査結果を、改めてマリエに教えてやる。

「だから竜茨は竜と共存していたとも言えるな。竜が競争相手だけを排除してくれたから繁栄できたんだ」

「激しくも静かな命の営みね。好きだわ、そういうの」

マリエは微笑みながらうなずいたが、すぐに首を傾げる。

「でも大砲を撃たれたら、さすがに竜茨も吹き飛ばされちゃうんじゃない？」

「どうだろうな。鉄条網は砲撃にも案外耐えるらしいんだが……まあその辺の評価試験も兼ねてる」

「結局あなたも実験がしたいだけよね？」

否定はしづらいな。

「うむ、土いじりはいい」

俺ももう歳だから、植物を育てていると心が安らぐ。命が育まれていく様子を見ていると、穏やかな気分になれるようだ。雨に濡れた土の匂いもいい。

竜茨が地下茎と凶悪な枝を縦横無尽に伸ばし、元気な若木になっていた。鉄錆平原を横断するように横一列に……正確には二列に生え、すくすくと育っている。

カジャがポーチの中から声をかける。

「敵の侵入を防ぐには高さも密度もぜんぜん足りないようですけど」

「植えたばかりだから仕方あるまい」

今はまだまばらに生えている程度で、敵軍の侵入を阻むことはできない。

「命を育てるときに焦りは禁物だからな。今はこれで十分だ」

『降雨』の魔法を終了させ、術式を畳む。

上空にはまだ雲が少し残っているが、いらないので季節風に流して廃棄しよう。あれぐらいなら勝手に消えるだろう。もともと雲は生成と消滅を繰り返すものだ。

「土壌の酸性度もちょうどいい。これならしっかり育つだろう」

『そういうところは相変わらずね、シュバルディン』

魔術学院に残っているマリエが呟いたので、俺は首を傾げる。

「どういうところだ?」

『年寄り臭いんだか青臭いんだかわからないところよ』

わからん。

『どちらにせよ結局臭いのか』

『老人みたいに土いじりをしてたかと思えば、戦に備えてやる気まんまんでしょ?』

客観的に見て俺がジジイなのは否定できないが、主観的には俺は俺でしかない。年を取ったという実感がまだ薄かった。あと何年生きたら実感が湧いてくるんだろう。

それはそれとして、戦の支度はしなければいけない。

『竜茨の見た目はただの茨だから、軍事的な備えだとは気づかれないだろう。ベオグランツ側を刺激することもあるまい』

『だといいんだけど……』

俺も自信がある訳じゃないが、攻めてきたらボコボコにして追い返すだけだ。

そしてとうとう、その日が来てしまった。

『シュバルディンよ、厄介なことになったぞ』

ゼファーが『念話』で急に呼びかけてきたので、俺は思わず声を出してしまった。

「講義中だぞ」

『ベオグランツ帝国が、サフィーデ王国に対して従属的な同盟を要求してきたそうだ。サフィーデは返答を引き延ばしているが、もはや戦争は避けられまい』

するとマリエも会話に参加してくる。

『具体的にはどうなりそうなの？』

『回答期限ギリギリまで、サフィーデは検討を続けるふりをするだろう。その間にシュバルディンには戦いの用意をしてもらうことになる』

甘いな、兄弟子殿。

俺は口を開きかけて、ふと隣のトッシュに気づく。

だいぶ歳の離れた級友は、申し訳なさそうな顔をしていた。

「すまん、ジン」

どうしたのかと思ったら、こいつはノートの陰でパンを食っていたようだ。

「講義中だから我慢しようと思ったんだけど、腹が減って……」

いや、さっき俺が話しかけたのはお前じゃなくて学院長の方なんだ。

誤解を解く訳にもいかないので、そのまま誤解していてもらう。

「見つからないようにな」

「ああ、もう食い終わる」

メシぐらい講義が終わるまで我慢しろよとは思うが、俺も十代の頃は腹が減って減って仕方がなかったもんなあ。

話を戻そう。今度は口に出さないよう注意する。

『甘いな、ゼファー』

『なに?』

『お前がベオグランツの皇帝だったら、回答期限まで本当に何もせずにぼんやり待つのか?』

少し沈黙が続き、ゼファーは答える。

『言われてみれば、それはありえんな。要求を拒絶された場合に備えて、軍事侵攻の準備を整えるだろう』

『だろ?』

ゼファーたちは研究者だから、騙すことや騙されることにはあまり意識を向けない。嘘つき同士では研究にならないからだ。だが軍人や外交官は違う。

郷士の家に生まれ、戦の心得を多少は知っている俺は立ち上がる。

『侵攻前提の無茶な要求なら、こちらの拒絶や時間稼ぎも想定内だろう。俺なら回答期限を待たずに侵攻を開始する』

『しかしそれは……』

『回答期限までは何も起きないとサフィーデが思っているのなら、今侵攻すれば楽に勝利できるからな。戦争は正々堂々勝つよりも、楽して勝つ方がいい。味方の被害も少なくて済む』

もちろんサフィーデからはメチャクチャ憎まれるだろうが、従属を要求した時点で憎まれるぐらいは承知の上だろう。回答を引き延ばされることも想定内のはずだ。

ふと気づくと、トッシュが口をもぐもぐさせながら俺を見上げている。それから彼はこう言った。

「座ってろよ。講義中だぞ？」

お前が言うな。

俺はおかしくなって微笑むと、教官に軽く会釈する。教官は落ち着かない様子で一礼した。

「またな、トッシュ」

俺が無事に生きて帰れるよう祈っていてくれ。

俺は学院長室に向かうと、すぐさま転移魔法陣を開く。転移系の魔法は極めて高度な数学能力を要するので俺は苦手だが、ゼファーが作っておいてくれた。

出発前にゼファーに挨拶する。

「ではちょっと行ってくる」

「すまんな」

ゼファーはつらそうな表情だ。そんな顔するなよ、兄弟子殿。

俺は笑ってみせる。

「若い連中を戦場にやる訳にはいかん。子供を守るのは大人の義務だ。銃弾を浴びるのは老いぼれ一人で十分だろう」

「……すまん」

だからそんな顔をするなって。

「もし俺が戦死したら、次はお前だからな」

俺は冗談っぽく笑ってみせてから軽く手を振り、転送陣に足を踏み入れる。

ゼファーはまだ浮かない顔をしていた。弟弟子を戦場に送り込むのがつらいんだろう。

だからあいつ嫌いなんだよ。


俺が転移した先は、もちろん国境の鉄錆平原だ。

「しかし何が役に立つかわからんものだな」

転送陣は制作に大変な手間がかかる。座標の設定だけでも膨大な計算が必要だ。

これはゼファーが学院長室から秘密の研究室に行くために使っていた転送陣で、転送座標を書き換えてもらっている。

カジャが報告する。

「あるじどの、転送完了しましたよ。空間湾曲率が正常域に戻りました」

監視塔の中に綺麗に転送されている。さすがはゼファー、ほんのわずかな狂いもない。座標設定が完璧だ。おかげで誰にも気づかれることなく、戦場に到着できた。

「カジャ、索敵開始」

「はぁい」

監視塔には警報をかけているので、まだ敵が付近に侵攻していないことはわかっている。

問題は軍勢の集結地点だ。

カジャの索敵範囲はそう広くない。反応があるとすれば、敵は国境を越える準備中になる。

そしてまずいことに、カジャの索敵範囲に人間の集団が存在していた。

「およそ七千人の人間の集団を確認。黒色火薬の反応アリです」

「七千人か」

ベオグランツの軍編成は、約五十人の小隊を集めて作られる。戦列歩兵が主力の軍で百四十個小隊ということは……ええと、たぶん旅団とか師団とかの規模か？

まずいな。

この規模になると本格的な軍事行動が可能になる。

だが城塞都市を攻略するには少々足りない。同規模の別動隊や増援が、どこかで動いている可能性があった。

「その集団を『ベオグランツ軍第一次先遣隊』と定義。先遣隊が平原に侵入したら迎撃手順を実行する。お前は敵の画像情報を集めろ」

「はぁい、了解」

めんどくさそうにカジャがニャーと鳴く。

ベオグランツ軍に動きはなく、俺はひとまず監視塔で眠ることにした。


そして翌朝、さっそく不穏な動きが起きる。

「のんびり準備してたら危ないところだったな」

俺は監視塔のてっぺんで寝癖を直しながら、侵攻してくるベオグランツ軍を見つめる。

そうそう、ゼファーに一報入れておかないと。

『見えるか、ゼファー』

『鮮明だ。昨日送ってもらった画像も、学院の衛兵たちに確認してもらった。軍旗はベオグランツの師団旗で間違いないそうだ』

師団か。だがベオグランツ軍の師団なら一万人以上いるはずだ。やはり、ここにいない敵兵力のことは念頭に置いておこう。

俺は侵攻してくる軍勢をもう一度、じっと見つめた。

あのときの光景と似ている。

ゼオガの地にベオグランツ人……当時はグランツ族とか名乗っていたと思うが、そいつらが大挙して俺の故郷を襲った。

ゼオガの名は地図から消え、今はベオグランツの一部になっている。

彼らは父の仇であり、故郷を奪った宿敵でもある。

だが昔の話だ。あれからもう何代も世代交代し、グランツ族が作った国の形も変わった。飽きるほど内戦をやった後、ベオグランツ帝国としてまとまったらしい。

だからもう、俺の仇はいない。

俺は遠い日の痛みを思考の隅に追いやると、『雷震槍』を携えた。

「では戦争を止めてみるか」

あの日の俺とは違うことを証明できるといいな。

ベオグランツ軍先遣隊はおよそ七千。

大半が火縄銃を装備した戦列歩兵だが、砲兵隊と騎兵隊、それに輜重隊が確認できている。一個の戦闘単位として完全に機能する集団だ。指揮官はベオグランツの貴族将校、それもそこそこ偉いヤツだろう。

「さっきから平原のあちこちで騎兵がうろちょろしてますね。焼きますか？」

「斥候《せっこう》だな。開戦前だし、今回は見逃してやろう」

「よくわからない理由ですけど了解しました」

サフィーデにはベオグランツ帝国を滅ぼすだけの力がない。従って国土の防衛は今後もずっと続く。運が悪ければ負けることもあるだろう。

そのため、この地域の戦争のルールを遵守する必要があった。こっちがメチャクチャなことをしていると、あっちもメチャクチャな真似を始める。

「さて、素振りでもしておくか」

俺はコズイール教官長から奪った『雷震槍』を起動させる。

先端の竜の彫刻（ツボを刺激するのにちょうどいい）が展開し、鉄製の翼を広げた。先端から鋭い槍の穂先が出現し、竜がそれに絡みつく形になる。

解析結果ではこれが本来の形のようだ。

「ゼオガの十文字槍《トモンゾ》に似ているな」

「『トモンゾ』ってなんです？」

カジャが首を傾げるので、俺は教える。

「矛槍の一種で、左右にも刃がついている。幅の広い一撃は避けにくく、また引き戻すときにも攻撃が可能だ」

うちの実家にも十文字槍は一本だけあったので、使い方も一応知っている。

軽く振り回してみる。穂先と竜の翼からバリバリと放電し、青い火花が散った。

「なるほど、刃は電極としても機能する訳か。三つの刃のうち二つが軽く触れるだけで、相手を感電死させられる」

効率的に人を殺せる良い武器だ。あまり使わないようにしよう。

俺が魔法の槍を振り回して遊んでいると、徐々に敵の軍勢がはっきり見えてきた。

「えーと、ベオグランツ先遣隊が監視塔に接近中です」

「予想通りだ」

この監視塔は街道の近くにある。普通は街道を通って進軍するだろうからな。

ついでなのでベオグランツ軍の進軍速度を測っているが、元の地図に誤差があるので正確な数字は出せない。

横隊を重ねた戦闘隊形ではなく、四列縦隊による通常の行軍隊形だ。ここで一戦交えることになるとは想像もしていないらしい。

俺は監視塔のてっぺんで幻術を使う。映像を出すのは面倒くさかったので、音声による警告だ。

『聞け、ベオグランツの誇り高き戦士たちよ！』

隙あらば敵を褒めるのがゼオガの作法だ。偉大な敵でないと討ち取っても手柄にならない。

『我が名はスバル・ジン！　マルデガル城の魔術師だ！』

若輩だと相手にしてもらえない気がするので、学生の身分だというのは伏せておく。

本当は「我こそは隠者シュバルディンなり」とでも名乗ればいいんだろうが、それではゼファーの教育方針が正しいことを証明できなくなってしまう。あくまでも「マルデガル魔術学院の優秀な生徒」として、こいつらを撃退しなくてはならないのだ。

『この鉄錆平原はサフィーデ王国が領有を主張している！　ただちに撤退せよ！　さもなくばサフィーデに対する侵略の意図ありと見なし、貴軍を殲滅する！』

「撤退はしないと思いますよ」

黒猫の使い魔カジャが小さくあくびをした。

使い魔は生物ではないので、あくびはあくまでも擬態用のモーションだ。

俺は威嚇攻撃の準備を始めながら、カジャに言う。

「わかっているが、こういう無駄な手続きは人間社会に必要でな。いちいち口を挟まんでよろしい」

「はぁい」

カジャがまた小さくあくびをした。

警告を無視したからにはいきなり殲滅しても許されるだろうが、それはさすがに胸が痛む。

それに今回はベオグランツ側のデータを集めたい。火力や用兵の水準がよくわかっていれば、サフィーデ軍を投入したときに損害を減らすことができる。

これから先に失われる命を少しでも減らすため、ベオグランツ軍の手の内を見せてもらおう。

「照準はこんなものか」

敵の隊列の先頭、貴族将校らしい騎馬が先導している辺りを狙う。直撃させて貴族将校を死なせると後々面倒なので、最初の一発は死人を出さないよう慎重に照準を合わせる。

これから殺し合いをするというのに、何だか妙な話だ。

さて、では始めよう。俺は街道の地面を起点として、『石弾』の術を発動させた。

「だいぶ遠いからよくわからんな……。カジャ、望遠画像を投影しろ」

「はぁい」

空間に映像が投影される。街道にちょっとしたクレーターができ、ベオグランツの将兵たちが度肝を抜かれているようだ。

先頭の貴族将校は落馬して尻餅をついているが、どうもどこか骨折したらしい。従卒の兵士に担がれて後方に避難していく。

残された下士官たちは右往左往している。指揮系統が機能を停止してしまい、兵たちは大混乱だ。

『敵襲！』

『今の警告は本物だったんだ！』

『どっから撃ってきやがった!?』

『た、たた、大砲だ！』

魔法で攻撃されたとは思っていないらしい。何でもいいから、さっさと戦闘隊形になってくれ。催促代わりにもう何発か『石弾』を発生させ、そこらじゅう穴だらけにしてやる。あくまでも警告なので損害は与えない。

そのうち後方から別の貴族将校が騎馬で駆けつけ、大声で何か命じる。やがて兵たちの動きも統制が取れてきた。

敵が行軍用の四列縦隊から、戦闘用の横隊に再編されるのを待つ。

「カジャ、隊列変更の所要時間を計測しろ」

「えー……わかりました。どの時点で隊列変更が完了したとみなしますか？」

「射撃準備に入るか、再び進軍を開始した時点かな」

ここから敵までは六アロン（約六百ｍ）ほどあるので、さすがに撃ってはこないだろう。

ベオグランツ軍は意外に素早く隊列の変更を終えると、二十五人の二列横隊をいくつも作った。

それぞれが一個小隊でできている。

「あるじどの、『ベオグランツ軍第一次先遣隊』が前進を再開しました」

カジャの報告に、敵の音声が重なる。

『進軍目標、前方の丘だ！　監視塔を攻略する！』

よしよし、餌に食いついたな。敵司令官は、今の『石弾』をこの塔からの砲撃だと判断したらしい。現実的な、だが間違った判断だ。

こんなに遠くから地面に魔法をかけてクレーターを作ったなんて、思いもよらないのだろう。今の魔術師にそれができる者はそうそういないはずだ。

「だが喜んでばかりもいられないな」

「敵が押し寄せてくるのに喜んでるんですか、あるじどの？」

「敵がこちらの思惑通りに動いているということは、最も安全な状態であるということだからな。問題はそうでない部分だ」

俺はカジャに命じる。

「この監視塔を迂回する兵力があれば、ただちに報告しろ。包囲されるのは構わんが、迂回してサフィーデ領内に侵攻されると困る」

「はぁい、わかりました」

こちらの防衛拠点は文字通りの「点」なので、無視して迂回することが可能だ。敵がそれを選択した場合、切り札を使わなければならない。

だが幸いにして、敵は愚直にこの監視塔を攻略することに決めたようだ。

七千の兵力があれば、この塔なんか力押しであっという間に攻略できる。わざわざ迂回するまでもないと判断したのだろう。

「敵の動きは悪くないな。だが知略というものを感じん」

カジャが監視塔の胸壁の上で、尻尾をぱたんぱたんさせる。

「敵がバカなら、それに越したことはないのでは？」

「敵がバカすぎると何をするかわからんから困る。今のところ敵の動きは実に堅実で模範的、つまり最も扱いやすい。さて、では行くか」

俺は塔のてっぺんから飛び降りると、地上にふわりと降り立った。

「ゼオガの男たるもの、やはり戦場では先陣を切らねばな」

「先陣もクソも他に味方いないんですけど」

俺は『飛行』の術で低空を一気に駆け抜け、敵最前列の射程圏内に突入した。

「遠からん者は音に聞け！　近くば寄って目にも見よ！　我こそはマルデガル城の魔術師、スバル・ジン！　サフィーデ領には立ち入らせん！」

ポーチの中からカジャがぼそっと言う。

「名乗りがめっちゃ古いですよ、あるじどの」

「いや、サフィーデの名乗りを知らんのでな」

「そもそも今って、戦争で名乗りをあげるんですかね……」

言われてみれば、『書庫《アーカイブ》』の近代戦争では誰も名乗りをあげていなかった気がする。

羞恥で顔が少し熱くなってくるのを感じつつ、俺はやけくそ気味に叫ぶ。

「さあ、俺を撃ってみろ！」

さっきと違い、今度はベオグランツ軍も本気だ。威嚇射撃のおかげで、こちらに十分な武力があることがわかっている。

「撃て！」

小隊指揮官の号令と共に、敵の銃弾が横殴りの豪雨のように……と表現してあげたいが、実際はバラバラと飛んでくる。

各小隊は五十人だから、同時に飛んでくるのは五十発。俺を射程内に収めているのは、せいぜい三個小隊程度だ。

俺は魔力を使って物理的な力場を展開する。魔術師が戦闘によく使う『盾』の術だが、俺は平面ではなく円錐形の力場を作った。

「あるじどの、この変な力場はなんですか？」

「避弾経始といってな。銃弾や砲弾を効率的に防ぐ形状だ」

垂直ではなく斜めに受けることで、銃弾の運動エネルギーを分散させるのだ。こうすれば防御に回す魔力を節約できる。

銃弾が俺めがけてバンバン飛んでくるが、全て手前で逸れてどこかに飛んでいく。味方が大勢いると流れ弾になってしまうが、今は俺一人だから被害は出ない。

「カジャ、総弾数と命中数を報告しろ」

「えー……百三十六発です。力場に接触した弾のうち、命中する弾道を取っていたものは七発」

三個小隊百五十人の斉射だから十四発ほど足りないが、不発や撃ち遅れだろう。あるいは小隊の定員割れか。

「ふむ、一アロンだと命中率はそんなものか。その記録はただちにゼファーに送れ」

戦列歩兵は集団戦を想定した戦術なので、単騎で突っ込んでくるヤツに当たる弾はごくわずかだ。距離も遠いから、七発当てているだけ偉いとも言える。

「もう一回撃たせてみるか」

俺は『雷震槍』を振り回してバチバチと火花を飛ばしながら、彼らを威嚇する。

「どうした、当たらんぞ!? さあ撃ってこい！」

「あるじどの、なんか神話の戦神みたいになってますよ」

俺は真面目にデータを取ってるだけなんだ。

「両翼の小隊が突出して半包囲されています」

「しょうがない、力場の形を変えるか……」

次の斉射は、前進してきた敵小隊が増えてさらに激しかった。

「何発当たった？」

「三百三十二発中、命中したと思われるものが十八です」

一アロンの距離では、人間大の静止目標に対しても命中率は一割には届かないようだ。

「やはり小さな的には当てづらいか。もう少し命中するかと思っていたが……」

「あと、再発射までの所要時間は二十二・四拍（秒）でした」

「戦場で戦うには十分だが、少々遅いな。それもゼファーに送っておけ」

もし俺がここで戦死しても、ここで得た貴重なデータはゼファーが活用してくれるだろう。

「さて、情報収集のフェイズは終わりだ。こいつらを追い払うぞ」

「実験しながらですよね」

「その通りだ」

今回は電気着火の実験だ。

俺は事前詠唱《プレキャスト》しておいた『放電』の呪文を発動させる。威力はなるべく抑え、その代わりに範囲を最大化しておいた。

「さてどうなるかな？」

次の瞬間、敵陣全体がボワッと青白く発光した。

あちこちで銃が暴発する音が聞こえてきて、兵士たちが必死の形相でコートを脱いでいる。弾薬ポーチや肩ベルトが燃えているからだ。

「あれ？　爆薬なのに爆発しませんね」

「黒色火薬は低速で爆燃するだけだ。よほど大量か、密閉されていなければ爆発は起きんよ」

ベオグランツ兵たちはゼオガの銃兵同様、一発分の火薬と弾をセットにしたものを紙に包んで携帯している。あれはゼオガ銃術の秘伝だった「早合」、つまり紙薬莢《やっきょう》の一種だ。

この紙薬莢は金属薬莢と違って密閉されていないし、爆発性の高い雷管もついていない。だから着火しても燃えるだけで済む。

「カジャ、敵の戦力分析を」

「えー……あ、はい。見た感じ、ほぼ全軍の紙薬莢に引火しているようです。戦闘可能な銃兵が見当たりません。輜重隊の弾薬に引火、誘爆しました。ベオグランツ第一次先遣隊の脅威度、急激に低下」

「次もこれで電気着火してやればいいな」

追っ払うだけなら簡単そうだ。

「これでおとなしく帰ってくれればいいんだが、そうもいかんだろう」

「でも敵側には弾薬がありませんよ？」

「戦争は鉄と肉で行うものだ。彼らには銃剣と肉体がある」

敵の指揮官はまず間違いなく、銃剣突撃を命じるだろう。

案の定、敵歩兵は銃を構えて俺に殺到してきた。

「あるじどの、敵歩兵およそ百が接近中。二個小隊と思われます」

「小隊長が独自の判断で命じたようだな」

もう戦の決着はついている。彼らがここで俺を倒したところで、弾薬の大半を失った以上、補給を受けられる地点まで退却せざるを得ない。無駄な争いだ。

とはいえ、俺を倒さずに退却というのも指揮官としては難しいだろう。責任問題になりかねない。

「軽くあしらっておくか」

雷震槍の穂先と竜の両翼を模した刃が、青白い火花をバチバチと散らす。なるべく手加減してやりたいが、電圧の加減が難しい。それにこちらもそんなに余裕がある訳ではない。

百人ほどの敵兵が、銃剣刺突で俺に肉薄してきた。

「びびるな！　相手はたった一人だ！」

「突っ込めーっ！」

「うわあああぁーっ！」

銃に取り付けられた銃剣を必死の形相で繰り出してくる。気迫と勢いは十分だ。

こちらも油断すれば殺される。本気でやるしかない。

「では参る」

俺は事前詠唱しておいた魔法をいくつか解放し、筋力・持久力・動体視力を底上げする。さらに身体能力を限界まで引き出すため、アドレナリンを分泌させた。

戦闘態勢を整えた俺は、雷震槍で敵の刺突を片っ端から払い流す。

「槍術の基礎がなっとらんぞ」

「ぐえっ!?」

雷震槍の電撃は銃を伝わって敵兵を感電させる。

普通の槍と違い、火縄銃は鉄の銃身を持つ。銃剣戦闘では剝き出しの銃身を握るので、この電流を防げない。

だから雷震槍で敵の銃剣を受け流すだけで敵兵は悶絶する。

「槍衾は突出してはいかん。そこを破られる。歩度を合わせ、同時に突くのだ」

「ぎゃあっ！」

「いぎっ！」

雷震槍の電撃自体は非常に強力なので、あんまり手加減できている気がしない。みんなバタバタ倒れていく。生死不明だ。

「あるじどの、戦争嫌いなんですよね？」

「嫌いだが？」

嫌いなのでさっさと終わらせて帰りたい。

それに長時間戦い続けると、こちらも集中力と魔力が尽きてしまう。迅速にケリをつけよう。

「ぬぅんっ！」

雷震槍を横薙ぎにして放電させると、周囲に青い雷光がまき散らされる。数十人がまとめて感電した。

「ぎゃっ!?」

「うわぁっ!?」

ベオグランツ兵たちが折り重なって倒れていく。

するとそのとき、カジャが急に報告する。

「両翼の騎兵が動き始めました」

「厄介だな」

騎兵も馬が放電に怯えて大変だったはずだが、態勢を立て直したようだ。白兵戦なら騎兵の方が圧倒的に強い。

彼らがどんな命令を受けているのか、俺にはわからない。

もし俺を無視して強行偵察をされた場合、俺の後方にサフィーデ軍がいないことがバレてしまう。

それは非常に困る。

切り札を使うときのようだ。

俺はマリアムから預かった呪符を取り出すと、地面に投げた。マリアムに教わった解放の言葉を唱える。

「命よ、命ずる」

呪符の魔力が解放され、竜茨の若木たちに力が宿った。

竜茨の若木はみるみるうちに背を伸ばし、周辺に鋭い茨を広げる。

マリアムの専門は生命を操る魔法だ。人間を若返らせることに比べたら、植物の生育を早めるなど造作もない。

猛スピードで駆けていた騎馬たちは、竜茨が壁のように伸びていくのを見て慌てて減速した。さすがに飛び越えられる高さではないだろう。

しかも竜茨は狭い間隔で二列に植えているので、一列目を飛び越えても二列目は助走なしで飛び越えねばならない。騎馬の運動能力では不可能だ。

茨の壁の隙間から様子を見ていると、騎兵たちはしばらくうろうろした後に引き返していった。

幸運にも無駄な殺生をせずに済んだようだ。

ふと気がつくと、ベオグランツ兵の大半は遥か遠くに後退しつつあった。どうやら撃退に成功したらしい。

「ふむ」

俺はつるんとした顎を撫で、それからあちこちに倒れているベオグランツ兵を見下ろす。

『放電』で倒れた者もいれば、味方の銃の暴発で撃たれた者もいるようだ。『雷震槍』の電撃でやられた者も多い。

戦場に倒れているのは数百人。死者が出ているのはほぼ間違いないが、生存者もそれなりにいるだろう。

「あるじどの、まだ生存している敵が多数います。どうしますか？」

「戦は終わった。もう殺すな。落ちている銃は全て接収する」

落ちている銃も数百挺ある。鉄錆平原の土にしてしまうのは惜しい。

ゼオガの戦作法では、打ち負かした敵兵からの戦利品は名誉ある収入だ。

そしてゼオガの戦作法に従い、生き残った強者は敬意と慈悲をもって遇しよう。

俺は『念話』でマリアムに救護を依頼する。

『マリアム、すまんが少々しくじった。外傷の手当を頼む。急いでくれ』

『どうしたの!?　すぐに行くから、傷を押さえて止血してて！』

滅多に聞けない妹弟子の悲鳴に、俺は思わず苦笑する。

『俺じゃない。戦場に置き去りにされたベオグランツの負傷兵たちを治療してやろうと思ってな。俺一人だと治療中に攻撃を受ける可能性がある』

しばらく沈黙が続き、それから特大の溜息が聞こえた。

『あのね……いいえ、あなたはそういう人だったわね。すぐ行くわ』

『うむ？　すまんな、ありがとう』

どうも怒らせてしまったようだ。昔っから気難しい妹弟子なんだよな……。

うめいているベオグランツ兵たちを見下ろし、俺は声をかける。

「お前たち、捕虜になるなら手当をしてやるぞ。ついでにメシも食わせてやろう」

いろいろ聞いておきたいこともあるしな。


ゼファーが学院長室で重々しくうなずいた。

「なるほど、玉髄《ぎょくずい》か」

俺もうなずき返す。

「ベオグランツ軍が火縄銃を使っている理由がやっとわかったな」

敵から鹵獲《ろかく》した火縄銃をテーブルの上に置き、俺は説明する。

「火縄を使わない銃、つまり燧発銃には良質の火打石が不可欠だ」

火薬の点火には火種が必要になる。火縄銃では火縄を点火口に差し込むので点火の成功率が高い。

一方、燧発銃では火打石が起こす火花を使う。だがこれがクセモノだ。

「自然石を使う以上、火花での点火にはどうしてもムラが生じる。十分な火花が飛び出すかどうか、やってみんとわからん」

俺がそう説明すると、ゼファーは眉をひそめる。

「命を預ける武器の作動が不確実では、使い手は困るだろう？」

「そうだ。だから良質の火打石が必要になるんだ。動作の確実性をもっと高めないと、武器として役に立たん」

しかしベオグランツ領では良い火打石が採掘できないようだ。

そのせいで燧発銃は不発が多く、猟師や傭兵たちからは評判が悪いらしい。軍でも採用されてなくて、せいぜい貴族のオモチャだそうだ。おそらく火蓋の機構がまだ完成していないのだろう。

ゼファーは窓から見える山々を眺める。

「サフィーデは玉髄の産地という訳ではないが、火打石として使うのであれば宝石としての価値は関係ないな」

「珪酸塩鉱物ぐらい、どこにでもありそうなものだが」

ゼファーがふと振り返る。

「珪酸塩？」

「お前、魔法以外のことも少しは勉強しろよ。師匠が言ってただろ、専門バカになるなって」

そんなんだから学院を乗っ取られるんだよ。

玉髄は石英の粒でできているが、石英は最もありふれた鉱物のひとつだ。わざわざ他国に攻め込む理由としては弱い気がするが、サフィーデ産の火打石は確かに評判が良いという。

俺はサフィーデ産の火打石を手に取り、鉄棒でカチカチやってみる。

「普段は魔法で着火してるから、火打石の善し悪しはわからんな……」

自分でも多少は物知りなつもりでいたが、こんな簡単なこともわからないようでは賢者と呼ばれる資格はなさそうだ。

俺も改めて師匠の言葉を胸に刻む。

「ところでシュバルディン、捕虜たちはどうした？」

「メシを食わせて帰した」

「帰したのか」

「身柄を確保して利用することも考えたが、面倒になってな」

次に戦場で会ったときは容赦なく殺すと伝えておいたので、次はきっちり殺す。

ゼファーは困惑したような顔をして、俺の顔をじっと見た。

「ゼオガの士族というのは、よくわからんな」

「こんなのばっかりだったから滅びたのかもしれん」

国は滅びたが、ゼオガの民は大勢生き残っている。彼らは帝国全土に散らばり、ベオグランツ人と少しずつ混ざり合って歴史の流れに消えていった。

先日攻めてきた兵士の中には、もしかすると俺の遠い親戚もいたかもしれない。

「それで、ベオグランツの騙し討ちに対してサフィーデ王室はどう対応したんだ？」

「もちろん猛烈に抗議した。従属の要求も断ったとも」

「では本格的に戦争になるな」

ゼファーが溜息をつく。

「国王はすっかりお前をあてにしているようだ。帝国軍が全軍で押し寄せようが、マルデガル魔術学院の精鋭が撃退してくれるとな」

「学院への協力を惜しまなければ、こちらも協力は惜しまんと伝えてやれ」

一度始まってしまった戦争は、キリのいいところまでやるしかない。どうせやるなら魔術の発展のために金を使わせよう。それに俺が戦場に出る限り、死者は最小限で済む。

この力がゼオガ滅亡のときにあればな……。

俺はそんな思考を振り払い、ゼファーにニヤリと笑いかける。

「さて、これで『マルデガル魔術学院の生徒が、たった一人でベオグランツ軍の侵攻を防いだ』という事実ができあがったな。そしてこれからもサフィーデを守り続ける訳だ」

「ひどい詐術だ」

ゼファーは顔をしかめるが、俺は気にしない。

「お前の国内評価は急上昇、王室も学院の方針に介入はできまい」

「実はコズイール前教官長の件で、王室からは少々苦情が来ているのだがな」

ここの教官たちはみんないいとこのボンボンだから、コズイールも実家の力が強いのだろう。

とはいえ家を継がずにこんな山奥で教官をやっていたのだから、当主や嫡男ではない。実家との縁はさほど強くはないはずだ。

そこまで考えた俺は肩をすくめてみせる。

「あいつは王室の金を横領し、エバンド主任教官を殺した重罪人だ。ごちゃごちゃ抜かすなら俺は次の出陣を拒否するぞと伝えてくれ」

「次か。また来るだろうな」

「もちろん」

一度動き出した戦争は、そうそう簡単に止まりはしない。潤滑油の代わりにたっぷり血を注がなければ、戦争のブレーキは働かないものだ。

それは歴史が証明している。

ゼファーはしばらく無言で俺を見ていたが、やがてぽつりと言った。

「すまん」

「何を謝ってるんだよ、気持ち悪いな」

俺は兄弟子に背を向けると、『雷震槍』で自分の肩をトントン叩いた。

「兄弟子が困ってるのに知らん顔はできんだろ」

そう言った後、何だか恥ずかしくなって俺は続ける。

「お前に死なれでもしたら『書庫』の維持が面倒だ。俺たちはもう三人しか残ってないんだからな」

師匠の教えと志を受け継ぐ者は、わずか三人。

これ以上減ってしまう前に人材を育てないと。

師匠から受け継いだ『書庫』を預けられるぐらいの人材を。

こうして俺は学生のふりを続けることになってしまった。軽い気持ちで学院に潜入した俺が悪いのだが、何だか妙な気がする。

特待生のトッシュ、アジュラ、ナーシアともすっかり仲良くなってしまった。

「ねね、ジン。なんか面白い話聞かせてよ。魔術に役立ちそうなヤツ」

アジュラは最近、魔術以外の学問にも興味を持つようになった。

急に面白い話と言われてもな……。じゃあ、あれにするか。

「人間の記憶や認識能力というものは、実は非常にいい加減なものだ。高度な知能を持つがゆえに、逆に騙されやすい」

俺は手元の紙に文章を書いた後、ちらりとトッシュを見る。

「トッシュは神官の三男だ。皆が思うより教養があり、裕福な実家を出て魔術師を志している。特待生として申し分ない実力を有し、勉強会でも熱心に学んでいる。そうだな？」

「なんだか照れるな」

トッシュが頭を掻き、アジュラとナーシアが溜息をつく。

「まあ……否定はしないわ」

「軽薄だけどね」

なんだかんだで愛されてるよな、トッシュ。俺は微笑む。

「では質問だ。次のうち、トッシュの将来について可能性が高いものはどちらだ？　あまり考えずに即答してくれ」

俺は紙に記した選択肢を皆に見せた。

一、トッシュは十年後も存命している。
二、トッシュは十年後も存命し、魔術師として活躍している。

三人は顔を見合わせ、それからトッシュとアジュラが当然のように答える。

「二番だろ」

「二番よね」

しかしナーシアは少し考え込み、それから自信なさげに一を選んだ。

「こっちだよ」

俺はニヤリと笑う。

「ナーシアが正解だ。二であるときは必ず一でもあるが、一であるときに二が成り立つとは限らない。従って可能性が高いのは必ず一になる」

「やっぱりそうだよね！」

ナーシアが嬉しそうに微笑み、トッシュとアジュラがハッと気づいた様子を見せる。

「あ、そっか」

「数学的に考えたらそうよね。あー、トッシュのせいで騙された！」

「俺のせいかよ!?」

若者たちの楽しそうな様子に目を細めてから、俺は種明かしをする。

「人間の認知や判断は『印象』に引っ張られる。だからトッシュの教養や向学心、そして現在の努力について説明されると『魔術師として活躍してそうだ』と類型的に判断してしまう。これを『連言錯誤』という」

騙されなかったナーシアはさすがというべきか。

そのナーシアが首を傾げる。

「どうしてそんなことが起きるの？」

「複雑な問題を限られた時間で解決する場合、類型的に判断するのが一番効率が良いからだろうな。経験が蓄積されると判断精度が高まるが、そのせいでどんどこの傾向が強まっていくようだ。つまり思い込みが激しくなる」

俺も下手にいろいろ知ってるせいで、弟子時代よりも思い込みが激しくなった気がする。研究者としては良くない。

「常に論理的で冷静であるということは、実は非常に難しい。それに……」

調子が出てきたので、『モンティ・ホール問題』でも出してみようか。

ずいぶん昔に『書庫』で見つけた小ネタだが、実は俺自身いまだに納得できていない。カジャに手伝わせて何百回も試行したのを思い出す。

そのとき、ゼファーからの念話が飛んでくる。

『シュバルディン、国境地帯にベオグランツ軍が現れたようだ。すまないが頼む』

『わかっている。任せておけ』

せっかくの楽しい時間だが、やるべきことができてしまった。俺は立ち上がる。

「続きは明日にしよう」

「えーっ!?　まだあるんでしょ？　ジン、今なにか思いついた顔してたわよ？」

アジュラが不満そうに言い、トッシュもうなずく。

「なあおい、気になるから教えてくれよ」

「また明日な」

明日が今日と同じように平和であるためには、今行かねばならんのだ。面倒臭いけど。

俺は執拗にしがみついてくるトッシュを振り払って学院長室に向かい、そこからまた国境地帯の監視塔へと飛ぶ。当面はここがサフィーデ防衛の拠点になりそうだな。

するとそこには先客がいた。

「遅かったのね、シュバルディン」

マリアム……ではなくマリエが立っていた。

「どうしてお前がここに？」

「あなたばっかり戦わせてたんじゃ、私たちも心苦しいのよ」

マリエはポーチから戦闘用の呪符を何枚も取り出し、クスッと笑う。

「子供たちを戦場に送る訳にはいかないわ。でも私ならあなたと一緒に戦えるでしょ？」

「中身はジジイとババアだからな」

俺は苦笑し、頼もしい相棒にゼオガ郷士の敬礼を送る。

「はしゃぎすぎて死ぬなよ？」

「あなたもね」

使い魔のカジャが報告する。

「あるじどの、接近する集団はおよそ二万。ほとんどが歩兵です。工兵ならびに砲兵とみられる部隊を確認しました」

兵力を増強したか。大砲や人力で竜茨を撤去するつもりかもしれないな。

もちろん、そう簡単に通すつもりはない。学院の生徒たちが強く育つまで、ここを死守するのは俺たちの役目だ。

「では行くか」

「ええ、終わったら三人でお茶にしましょう」

マリエが昔と変わらない笑顔で笑う。

妙に照れくさい気分になり、俺は真面目な顔を作ってうなずいた。


鉄錆平原に立った俺たちは、防戦準備を大急ぎで整えることにした。地上にいると地平線が邪魔で見えないが、小高い丘の上にある監視塔からはベオグランツ軍の陣地が見えたからだ。

「ここからの距離は七十アロンぐらいかな。攻略目標からはやや遠いが、それだけこちらを警戒しているということだろう」

俺は『望遠』の術で敵陣を観察し、それからマリエに言う。

「あそこに陣地を構えられると厄介だな」

「じゃあ陣地を潰しちゃう？」

「敵とはいえ二万人が生活してる場所だぞ？　いきなり殺すのはちょっとな……」

俺は頭を掻き、それから苦肉の策を提示する。

「そのうち敵が出陣してくるはずだ。それを迎え撃とう」


ほどなくして敵は出陣してきた。カジャが偵察結果を報告する。

「えーと……三千ぐらいですね。全部歩兵です。攻城梯子を多数運搬しています」

「威力偵察といったところか。竜茨の防壁を乗り越えるつもりだな」

破壊するのはとうとう諦めたらしい。

「マリアム、竜茨の制御を頼めるか？」

「任せて。乗り越えそうな敵がいたら搦め捕るわ」

竜でさえ手こずる強靱な茨に搦め捕られたら、もう人間の力では逃れることはできないだろう。

捕虜として手厚くお迎えさせてもらうことにする。

「敵は戦列歩兵、密集陣形だ。完全な形で『雷帝』を使えば全員まとめて殺せるんだが、それができることは隠しておきたい」

「あら、どうして？」

マリエが首を傾げたので、俺は苦笑する。

「サフィーデとベオグランツの戦争がどういう形で終わっても、『スバル・ジン』という小僧の処遇が問題になるだろう」

破壊魔法一発で千人以上殺せるようなヤツは、平和になったら危なくて生かしておけない。殺すか追放するか、とにかくろくでもない運命が俺を待ち受けている。

「両軍からこれ以上危険視されないよう、なるべく搦め手で決着をつけたい」

「とか何とか言って、本当は敵兵に同情してるんでしょう？　あなたから見ればみんな幼子みたいなものだから」

マリエの言葉に俺は溜息をつく。

「妹弟子よ、お前の察しがいいのは知っている。次は『敢えて言わない』ということを学んでくれ」

「難しい課題ね……」

学ぶ気がないだけだろ。この妹弟子はワガママで頑固で甘えん坊だからな。

マリエはフフッと笑ったが、すぐに真顔になる。

「でもシュバルディン、あなた『次は殺す』って言ったんでしょう？　それでも性懲りもなく攻めてきたんですもの、遠慮する必要ある？」

「それはまあそうだが、兵士たちに決定権はないからな……」

命令とあれば進軍せねばならないのが兵士のつらいところだ。徴兵されて進軍させられているなら、選択の余地などない。

「選択の余地のない死ほど、理不尽なものはないぞ」

俺自身、危うくそうなるところだったからな。

しかしマリエは賛成しかねるようで、望遠鏡を覗きながら溜息をつく。

「じゃあどうするのよ？　このまま通すつもり？」

「いや、そうは言っとらん。まずは警告を与えよう」

「……また警告？」

「別に何度やっても構わんだろ？」

このまま議論していると負けそうなので、俺は大急ぎで『降雨』の術を完了させた。大気や気象を操作する術は『雷帝』の前提条件となっているので、基本的なものは一通り使える。

俺は上空の様子を見上げつつ、マリエに言った。

「火縄銃は引き金ひとつで重騎兵すら打ち倒す兵器だが、致命的な弱点がいくつかある」

貴重な火薬を使用すること、装塡に時間がかかること、命中率が心許ないこと。他にもまだまだある。

「雨に弱いことも大きな弱点だ」

俺は上空の大気を観測し、湿度と温度の仕上がりに満足する。これならすぐに巨大雨雲が発生することだろう。

ベオグランツ軍は前進を続けている。上空には雨雲ひとつないので、彼らはおそらく降雨に対しては全くの無警戒だ。

だが雲は見えなくても、雲の構成要素……飽和した水蒸気の塊はそこに存在している。

「火縄の火は小さく消えやすい。黒色火薬も吸湿性が高く水には弱い。ゆえに」

俺は上空の大気に最後の操作を加えた。

「火縄銃を沈黙させるのに激しい稲妻は必要ない。穏やかな雨があれば十分だ」

次の瞬間、みるみるうちに雨雲が発生する。雲はあっという間に成長すると、対流圏にまで達した。そこから上へは雲が伸びることができないので、不満そうに左右に広がっていく。激しい雷雨を生み出す「かなとこ雲」だ。

最初の雨が地上に達した直後、猛烈な豪雨が平野を襲った。

「ジン、これのどこが『穏やかな雨』なの」

ちゃっかり雨傘を用意していたマリエが、淑女然として溜息をつく。

すかさず使い魔のカジャが謝罪した。

「申し訳ありません、マリアム様。あるじどのは加減というものが全くダメでして」

「ええ、カジャ。よく知っているわ」

俺は知らなかったぞ。むしろ結構手加減してると思うんだが。

俺は頬を叩く雨滴を心地よく感じながら、空を覆い尽くす真っ黒な雲を見上げる。

「ウルバーユ地方の雨季を思い出すな」

「知らないわ」

土壌を洗い流し下流に恵みをもたらす、あの恵みの豪雨が懐かしい。

「あのときは野営中に溺死しかけましたよね、あるじどの」

「いつものことだ」

俺は望遠鏡のレンズを拭い、ベオグランツ軍の様子を観察する。

「さっぱり見えんな。カジャ、観測しろ」

「はぁい。投影します」

送られてきた映像では、ベオグランツ人たちは将軍も兵卒もずぶ濡れになっていた。銃はまるで川にでも沈めてきたかのように水が滴っている。

「ベオグランツ軍、後退していきます」

「あれでは射撃どころか、銃剣突撃すらままならんだろうからな」

突然の豪雨で敵の攻撃能力を奪う方法は、かなり有効そうだ。ただしこの方法は火縄銃に限られる。

ベオグランツ軍が燧発銃を配備し始めたら、豪雨の中でも進軍してくる可能性がある。

マリエが冷静に戦況を分析する。

「火薬が乾いたらまた攻めてくるでしょうね」

「まあな」

血を見ない限り、戦争は終わらない。為政者たちがやめさせないからだ。

マリエは肩をすくめる。

「一応、迎撃は成功ね。いったん帰る？」

「ああ。……いや待て」

俺はふと胸騒ぎを覚えて、マリエを制した。

「どうも妙だ。敵の撤退が早すぎる。迷いというものが全く感じられなかった」

「いいことでしょ？」

「撤退というのは本来、指揮官にとっては苦渋の決断だ」

ゼオガの民が侵略者たちと戦ったとき、敵があっさり退いたときは大抵すぐに次の攻め手がやってきた。敵に無理して戦う理由がないからこそ、あっさり退くのだ。

次の攻め手がないときは簡単には撤退せず、しぶとく攻め続ける。

「撤退に迷いがないのは、それでも勝算があるということだ。敵の本陣にはまだ一万七千の予備兵力がある。少し様子を見よう」

「様子を見るって、どれぐらい？」

どれぐらいだろう……。

「とりあえず明日の朝まで様子を見る。夜陰に乗じてここを通過しようとするかもしれん」

「さすがに真っ暗じゃ竜茨の防壁は突破できないと思うけど……」

「俺もそうは思うが、どうも嫌な予感がする」

俺がそう言うと、マリエは意外にもあっさり従った。

「戦のことはあなたに従うわ。ゼオガの郷士だものね」

「正確にはゼオガ郷士の子、だな」

それから俺たちはしばらく黙り込み、監視塔からの景色をじっと眺める。太陽はまだ南中しておらず、日没まではかなり時間がある。

「そういや昼飯がまだだな。湯でも沸かすか」

「食べるものあるの？」

俺はニヤリと笑う。

「もちろん。兵糧は戦の作法だからな。おっと、味は期待するなよ？」

「あなたのくれる食べ物はだいたい、味の優先順位が低いのよね……」

一応いろいろ工夫はしてるんだぞ。

俺は保存用の固いクラッカーを取り出すと、ちらりとマリエを見る。案の定、渋い表情だ。

だが俺もマリエとは長い付き合いなので、彼女の好みはよくわかっている。

「これをだな」

「あら……？」

瓶詰めのジャム。サフィーデ梨のジャムだ。前に一度、食べるときに嬉しそうな顔をしているのを見た。

「まだあるぞ」

マリエの好きな鴨肉の燻製。貴重な香辛料を贅沢に使った秘蔵の品だ。

しっかり熟成させた濃厚な味わいのチーズ。こいつも高かった……。

瓶詰めの蜂蜜。これはフィールドワーク中に採取したが、蜂の残党がしつこくて大変な目に遭った。

あまり期待していなかったマリエは、予想外の食材に目をキラキラさせている。

「意外だわ、まさかこんな用意をしてたなんて……」

「陣中食というのはだいたい素っ気ないものだが、それでもなるべく旨いものを食わないと士気が上がらん。だからお前の好きなものばかり用意しておいた」

マリエはいそいそと座り込む。

「あなたって素っ気ないかと思ったら、たまにこういうことするのよねえ」

「悪いか？」

「いいえ、とても素敵よ」

あの頃と同じ笑顔をみせるマリエに、俺もなんだかちょっと嬉しい。

俺たちはクラッカーに好みの食材を乗せて食べながら、鉄錆平原をぼんやりと眺める。

そのうちマリエがふと、こんなことを言った。

「ゼオガはベオグランツに呑み込まれた後、さんざんだったんでしょう？」

「……そうだな」

俺は遠い昔を思い出す。

「確か当時はまだグランツ王国とか名乗っていたな。あちらの歴史書を読んだときは、ひどく傷ついたのを覚えている」

グランツ人たちは北方での勢力争いに敗れて南下したが、それを「神の啓示による新天地開拓」だと美化している。

「ゼオガ人は火薬を武器にする卑怯な野蛮人だったが、グランツ人の勇猛さの前には敵ではなかったそうだ」

本当はいきなり襲ってきて、百倍ぐらいの人数でゼオガの民を殺傷したんだけどな。丸腰の老人や子供まで殺しやがって、どっちが野蛮人だ。

あいつらのせいで、俺は父や親戚、俺と同年代の友達も大勢失った。絶対に許すことはできない。

俺は魔法で湯を沸かしながら、そんな話をする。

それを聞いたマリエは、ぽつりと言う。

「それでよく復讐を思い止まれたわね……」

「ああ。だがその歴史書を読んだとき、ふと自分の故郷の言い伝えを思い出したんだ」

俺はポーチから薬草の粉末を取り出して薬湯を作り、マリエに差し出す。

「俺たちの先祖は、大昔はもっと東の土地で暮らしていたそうだ。しかしゼオガの地から使者が来て、この地を治めて欲しいと懇願したらしい。あなたたちは心清らかで聡明だから安心だと」

湯気の立つマグカップを受け取ったマリエは一瞬黙り込み、薬湯を一口飲んでから指摘する。

「そんなことありえる？」

「ありえないだろうな。たぶん俺たちの先祖は食い詰めて西に逃れ、ゼオガの先住民から土地を奪ったんだ。そして歴史を書き換えた」

「それじゃベオグランツと同じじゃない」

「そうだ。ゼオガには鬼退治の伝承もあるが、あれも今考えてみると先住民の残党を掃討しただけなんじゃないかと思う」

だとすれば酷い話だ。

俺はマグカップから立ち上る湯気をじっと見つめた。

「結局、ゼオガ人もグランツ人も同じなんだよ。同じように利己的で卑怯な人間なんだ。そう思った俺は、グランツ人という大きなくくりで憎むことができなくなった」

もちろん俺の同胞を殺した連中は容赦なくブッ殺したいが、それは師匠があらかたやってくれた。生き残った仇もみんな歳を取って死んでいる。

「争いの多くは『あいつらは俺たちと違う』と思うことから始まる。そう思ったとき、人間はいくらでも残虐になれるからだ」

「人間って、つくづく不思議な生き物ね」

「そうだな。だから俺は復讐を後回しにして、人間について学ぶことにした。気づけば仇はみんないなくなって、仇の子孫たちは何も知らずに平和に暮らしている」

「あら、でも子孫たちに復讐するって手もあるわよね？」

マグカップを片手にマリエが冗談っぽく言うので、俺は首を横に振る。

「それだと俺もゼオガの先住民に復讐されることになっちまうぞ。生まれる前のことまで責任持てるか」

「そうね。先祖のことで復讐されるなんて、子孫にはたまったもんじゃないわよねえ」

だから俺は何もかも投げ捨てることにした。過去も、民族も、国家も。

何もかも捨てた俺の前では、ベオグランツ人もサフィーデ人も同じようなものだ。どちらに加担しようが変わらない。

今回はゼファーがサフィーデ人と組んでいるので、そちらに協力しているだけの話だ。

俺は風が少し冷たくなってきたのを感じつつ、薬湯の甘い香りと湯気に癒やされる。

この薬湯の調合は師匠直伝で、俺たち弟子が体調を崩すとよく作ってくれた。子供でも飲みやすい、甘い飲み物だ。

師匠の顔を思い出しつつ、俺は言う。

「師匠は言っていたな。俺は復讐には向いていないと」

「そうね。私があなたなら、とりあえずベオグランツ帝国を滅ぼしてから人類平和を希求するわ。私にとっては、自分の心の整理が一番大事だもの」

「よくそんな怖いことを真顔で言えるな……」

しかしマリエはすぐに、クスクス笑う。

「だから師匠は、私には『雷帝』の秘儀を教えなかったんでしょうね」

マリエも師匠から秘儀をいくつか学んでいるが、それはいずれも医療や研究に役立つものだ。その気になれば人を大勢殺すこともできるが、『雷帝』ほど迅速かつ広範囲に殺傷はできないだろう。

甘くて温かい薬湯を飲んだら、なんだか少し眠くなってきた。

「食事の最中で悪いが、下で少し眠ってくる」

眠れるときに眠っておかないと、いざというときに不覚を取るからな。

まだ優雅に食事をしているマリエは、いつものように軽くうなずく。

「いざとなったら戦うのはあなただし、それがいいわ。じゃあ私は見張りをしておくわね」

「すまんな、頼む」

するとマリエが首を傾げた。

「でも下の部屋、寝具も何もないわよ？　石の床じゃ寝心地が悪いから、魔法のハンモックでも出してあげましょうか？」

「いやいい。あれは苦手なんだ」

「あら、どうして？」

あまり言いたくなかったが、俺は簡潔に答えた。

「騎馬隊の地鳴りに気づけなくなるのが怖くてな、三百年経った今でも眠れんのだよ」

マリエは少し気まずそうに視線をそらす。

「……ごめんなさい、余計なこと言っちゃったわね」

「気にしないでくれ。自分でもそろそろ克服したいとは思っているんだが」

俺は階段を降りて監視塔の部屋に入ると、ベッドも何もない石畳に毛布を敷いて寝転がる。もう一枚毛布を取り出すと、それにくるまった。

（三百年、か）

マリエが上で見張ってくれていると思うと、なんだかとても安心する。

張り詰めていた気持ちが一気に緩み、意識が少しずつ遠のく。


ふと気づくと、俺は故郷の村にいた。水田が広がる、のどかな農村風景だ。

そして目の前には、魔術師っぽい格好をした小さな女の子がいる。師匠だ。

ははあ、これは夢だな。同じ夢を何度も見ているので、こうして夢だと気づくこともよくある。

だがそれはそれとして、師匠に会えて嬉しい。

師匠は変わらぬ微笑みと共に俺を見上げている。

——どうじゃな。

(どうじゃなと言われましても)

——おぬしの居場所は見つかった頃合いかのう?

(いえ、相変わらずの放浪生活ですよ)

——ふむ、そうかの?

師匠がニヤニヤ笑っている。夢の中だから当たり前だが、俺の記憶の中の師匠そのままだ。

夢とは知りつつも俺は言ってやる。

(師匠こそ、たまには帰ってきてくださいよ)

——相変わらずの放浪生活でのう。

おいおい。

（なんとかって国で大魔王やってるんじゃなかったんですか？）

――うむ、一度は帰ったんじゃがの。溜め込みすぎた魔力を放出するために定期的に異世界転移をせねばならん。

（だったらなおさら、一度ぐらい帰ってきてくださいって）

夢なのに何を必死になってるんだろうな、俺は。

すると師匠はにっこり笑い、帽子のつばで顔を隠した。

――そうじゃな、わしもおぬしたちの成長ぶりを見たい。いずれ会おうぞ。

（え？　あ、はい……）

やけに素直だな。夢だからかな。

顔を隠した師匠は少しずつ小さくなっていく。遠ざかっているのか。

――それよりもジンよ、そろそろ目覚めた方がよいぞ。

（どうしたんですか、急に？）

師匠は顔を隠したまま、杖で南東の空を示した。

――敵が来る。


「む？」

まるで誰かに手を引かれたような感覚で、俺は不意に目を覚ました。

外はまだ明るい。太陽は少し西に傾いていたが、それほど長時間眠っていた訳ではなさそうだ。

俺の胸の上にちょこんと乗ったカジャが、こちらを見ている。

「あるじどの、もうお目覚めですか？」

「うむ。胸騒ぎがする」

ちょうどそのとき、マリエが階段から降りてきた。

「敵陣から軍勢が動き出したわ。ここからだと見えにくいけど、六千ぐらい」

「増えているな……。カジャ、偵察を」

「はぁい」

カジャが飛び出していく。しばらくすると『念話』で報告があった。

『えーと、マリアム様の言う通りですが、さらにその後方に多数の荷馬車を確認。あ、積荷はしっかり防水されてますね』

「輜重隊だな。積荷は弾薬と食糧だろう?」

『そのようです』

どうやら侵攻を諦める気は全くないらしい。

さすがにこの短時間で火薬や銃を乾かすのは無理だ。人数も増えているから、後方の本隊で補給を受けたのだろう。

さらに今度は輜重隊まで引き連れてきている。積荷を雨から守っているので、さっきと同じ手段は使えそうにない。

兵站《へいたん》がしっかりしているのは感心だが、それは帝国が本気で戦争する気だということを意味していた。

　マリエが俺に向き直る。

「で、どうするの？　また追い払う？」

　答えはとっくに出ている。

　だがその答えがあまりにも残酷な結末を導くので、俺はどうしても踏み出す勇気を持てずにいた。

　本当に他の方法はないのか？

　俺の持っている魔法や知識の中に、もっと平和的に解決できる手段はないか？

　そんな想いが何度も去来する。

　するとマリエは困ったような微笑みを浮かべた。

「シュバルディン。結論は出ているのでしょう？」

「……ああ」

　わかりきっていたことだが、やはり穏当な手段では解決できない。

　何回攻めても軽微な被害で済むのなら、皇帝は軍に攻撃を命じ続ける。当たり前の話だ。

　マリエが静かに言う。

「全ての命を救うことができないときは、命の選別をしなくてはいけない。一粒の霊薬で二人の病人を救うことはできないのよ。でも判断に迷えば、どちらも助けられなくなるわ」

「そうだな」

　もしここで帝国軍が鉄錆平原を通過してしまえば、サフィーデ南東部はベオグランツに占領されるだろう。領主たちの軍勢は小規模で武装も旧式だ。連携も取れないから各個撃破されて終わりだ。

そうなれば俺が子供の頃に故郷で見た光景を、また見ることになる。

「あの光景を繰り返すことなど絶対に認めん。戦争は食い止める」

茨の防壁を作ろうが、土砂降りの雨を降らせようが、やはり戦争は止められなかった。

「だが歴史が示してきた通り、戦火を消すにはどうしても血の雨が必要らしい」

俺は前を向くと、偵察中の使い魔に命令する。

「カジャ、周辺にベオグランツ兵以外の人間がいないか再確認」

『範囲内に該当者はいません。全ての人物が軍服を着用しています。あ、輜重隊は半分ぐらいが民間人っぽい格好です』

「徴発された市民かもしれんな。わかった」

俺は「拡声」の術で声を飛ばし、ベオグランツ軍に呼びかけた。

『我が名はスバル・ジン。マルデガル魔術学院の魔術師である。先刻の警告を無視し、さらなる侵攻をもくろむベオグランツの将兵よ』

俺は無駄であることを理解しつつも、戦士への礼儀として警告を行う。

『これより貴軍に対して致死性の魔法攻撃を行う。これが最後の警告だ。生き延びたければただちに退却せよ』

偵察から戻ってきたカジャがぼそっと言う。

「進軍速度に変化ありませんね」

「わかっている」

ふと、以前に捕虜にしたベオグランツ兵士たちの顔を思い出す。あの軍勢の中にも、きっと何人かいるだろう。

「それが彼らの選択なら仕方ない。では俺も選択するとしよう」

俺は雷震槍の石突きで床を叩くと、『雷帝』の本当の姿を解放した。

まばゆい輝きを放つ魔法陣が足下に発生し、そこから生まれた膨大な数の術式が空中に流れ出す。輝く文字列は俺の周囲で渦を巻き、複雑な魔術紋を形成していく。

マリエがそれを見て何かを読み取ったらしく、緊張した表情で半歩退いた。

「シュバルディン、これはもしかして……」

「通常の破壊魔法と『秘儀』の違いは、ただ単に魔力量の違いに過ぎない。だがその違いこそが決定的なのだ、マリアム」

監視塔周辺に魔力が渦を巻き、それが青白い光を放つ。渦はどんどん大きく、そして速くなる。

「うわうわうわ」

カジャがキョロキョロ周囲を見回し、危険を感じてマリエの肩によじ登る。使い魔たちも生物同様、自身の安全を守る機能が備わっている。

カジャが珍しく必死な様子で叫ぶ。

「周辺の魔力密度がモヴィ定数を超えました！　それに周囲の魔力が勝手にどんどん集まっています！　こんな現象、『書庫』の情報にもありません！」

「『書庫』にはないだろう。だがここにある」

俺の足下に広がった魔法陣は光り輝き、破壊的な量の魔力を内側に封じ込めている。

いったん限界を超えて集まった魔力は、もう拡散も消滅もしない。全ての魔力を呑み込む巨大な渦となり、無限に膨れ上がっていく。

「あっ、あるじどの！　このままだと魔力が大暴発しちゃいますよ!?」

「うろたえるな。そうならないようにするのが技術と知識だ」

師匠はいくつかの術を『秘儀』に分類した。使い方を誤れば人類が滅亡する恐れがある、極めて危険な術ばかりだ。

俺は精神を集中させながら、左手を前に差し出した。渦巻く魔力を制御する。

「雷帝の左手よ、陰の力を宿せ」

そして雷震槍を握ったまま、右の拳を構える。

「雷帝の右手よ、陽の力を宿せ」

俺の周囲にパチパチと青白い放電が発生する。魔力に電気エネルギーへの移行を促しているのだ。

マリエが監視塔の胸壁に手をつき、俺を振り返って叫んだ。

「シュバルディン、敵が竜茨の防壁近くまで来てるわ！　それがどれぐらいの威力か知らないけど、早く撃たないと巻き込まれるわよ！」

俺は無言でうなずくのが精一杯だ。

監視塔を包む青白い光の渦は、ますます激しさを増していく。俺が操作をひとつ間違えるだけで、この監視塔は綺麗さっぱり吹っ飛ぶだろう。

「あ、あ、あ、あるじ、あるじどの……」

恐怖を知らない使い魔が、ガタガタ震えている。生身の肉体を持たないカジャは魔力場の干渉をまともに受けて機能不全に陥っていた。

俺も特異点を超える密度で魔力を集めた以上、もはや後戻りはできない。

「我が内なる雷帝よ、鎮まれ。これは憤怒の稲妻にあらず。理性の灯火なり」

俺はどんどん迫ってくるベオグランツ帝国の軍勢に狙いを定める。

周囲を流れる魔術紋がひとつの流れになり、雷震槍の中に吸い込まれていく。

魔力制御や座標設定を司る数千の術式が全て完成した。完全な形で『雷帝』を放てる。

「陰陽の力よ、結びて雷となれ」

もはや迷いはない。ここは戦場で、彼らは敵だ。

俺は魔力を電撃に変換する呪文を唱え、『秘儀』を発動させる秘密の言葉を口にした。

「魂の火花よ」

次の瞬間、鮮烈な青白い光が鉄錆平原全体を包み、何もかもをホワイトアウトさせた。一瞬遅れて轟音が監視塔を震わせる。

よくわからない破片がこの辺りにまでパラパラ飛んできた。

カジャがしばらくカタカタ震えていたが、周辺魔力の密度が下がってくると機能を回復する。

「あ、あ~……うぅ~ん？　うん？　あ、全機能正常に戻りました。すぐに周辺状況を確認します」

　カジャはすぐに俺を振り返ると、簡潔に報告した。

「範囲内の敵兵力を完全に無力化しました。動いている対象は存在しません」

「そうだろうな」

　俺は顎を撫で、存在するはずのないひげを探す。戦いに勝利したという高揚は全くない。むしろひどく心細い気分だ。

「多くの生物は電流に対して極めて脆い。それゆえ、わずかな魔力で人を殺傷できる」

　我々の思考も心拍も微弱な電気信号に頼っている。もともと電流が流れるようにできているのだ。だから強烈な電流をくらえば、ひとたまりもない。彼らは苦しむ暇どころか、何が起きたのか理解する暇もなかっただろう。

「集めた魔力の大半は電流の誘導と制御に使った。後方の輜重隊は無事なはずだ」

「あ、はい。ものすごい勢いで逃げていきますね。荷馬車が置き去りです」

　もし俺が全魔力を電気エネルギーに変換していれば、地平線の辺りまで致死レベルの電界が発生しただろう。もちろん俺たちも無事では済まない。

　平原の様子を観察すると、黒焦げになったベオグランツ兵たちがあちこちに散らばっていた。弾薬や軍服が燃えている。

　一見すると無傷に見える者たちも大勢倒れているが、誰も立ち上がってこない。全員死んでいる。

「戦う意志を持って戦場に来た以上、これもひとつの結末だ。納得してくれ」

俺が思わずつぶやくと、マリエが静かに言った。

「それ、私じゃなくて彼らに言ってるのよね？」

「ああ。ただされっきこれを使っておけば、死ぬのは三千人で済んだはずだ。俺が躊躇ったせいで六千人も殺すことになってしまった」

その言葉にカジャが首を傾げていたが、思い出したように尋ねてくる。

「ところで敵の輜重隊と後方の本陣はどうします？　攻撃しますか？」

「もう殺戮《さつりく》は十分だ。それに彼らにはここで何が起きたのか、本国に報告してもらう役目がある。さすがにこれで皇帝も懲りるだろう」

総兵力二万のうち、出撃した六千が戦う暇もなく一瞬で全滅したのだ。それも未知の攻撃で。戦争計画はメチャクチャだろう。

俺は顎を撫でて、大きく溜息をつく。

「帝室にとって、兵の命は書類上の数字でしかない。だから戦争をやめさせるには、戦死者という数字を積み重ねるしかないのだ。帝室が恐れおののくほどの数字をな」

するとマリエが俺の手を取ると、そっと撫でさすってくれた。あの頃と同じ、柔らかくて優しい手だった。

「奪った命は戻ってこないわ。今できることと言えば、せいぜい死者の尊厳を守ることぐらいよ。私の『豊穣の子』たちで埋葬してあげましょう」

「すまんな。頼む」

夕陽が鉄錆平原を赤く染める頃、湿った地面から土の人形がボコリボコリと起き上がる。マリエの操る土人形、『豊穣の子』たちだ。

魔術で動く土人形は戦場に集まり、ベオグランツ兵の亡骸を一人ずつ抱きかかえる。そして自分が這い出してきた穴に彼らを横たえた。

最後に亡骸に覆い被さると、土人形は動かない土塊に戻る。

「終わったわ」

マリエが戻ってくる。さっきから彼女がやけに優しいのは、俺を気遣ってくれているのだろう。

「銃と軍旗は回収したから安心して。荷馬車もね」

「すまんな。必要な処置だから助かる」

特に銃は絶対に回収しておかないといけなかった。帝国軍が回収したら、新兵に持たせて兵力を回復させてしまう。

かなり消耗していた俺は休んでいたが、ゆっくり立ち上がる。やけに体が重く感じられた。

「帰ろう」

「そうね」

マリエはうなずき、それから微笑む。

「帰りましょう。あなたの好きな、あの学院に」

■エピローグ

マルデガル魔術学院に戻ってきた俺は廊下を歩きながら、ふと窓の外を眺める。

ここは南東部の国境地帯から遠く離れた、北西部の山の中だ。今のところ戦乱の気配はない。行き交うのもみんなサフィーデ人、つまりは味方だった。

「平和だな」

思わずつぶやく。

すると背後から声をかけられた。

「どうしたんだ、ジン？」

トッシュだ。勉強会の続きはこいつに任せたが、もうそれぐらいには科学や魔術の知識を吸収している。下手な教官より博識だろう。

そんな彼はもっともらしく顔をしかめてみせる。

「ジン、ベオグランツ帝国がサフィーデに攻めてきたんだぞ。平和なんかじゃない」

「ん？　まあ、そうだな」

「俺たちも何かあれば戦わなきゃいけないみたいだし、気を引き締めていかないとな」

腕組みしてうんうんとうなずいているトッシュが、今は何だかとてもかけがえのないものに思えた。

どうやら俺はだいぶ疲れているらしい。俺は苦笑する。

「お前は戦場に行かなくていい」

「おいおい、俺だって一応は特待生だぜ？　そりゃお前ほど強くはないけど、勉強だって頑張ってるんだから」

いや、そういうことじゃないんだ。

だが俺が単身でベオグランツ帝国軍と渡り合っていることは、誰にも明かせない。これは国家機密だ。

そんなどうでもいい会話をしながら二人で歩いていると、戦場の光景が少しだけ薄れていく。

自分でも意識していなかったが、マルデガル魔術学院での生活が俺の「日常」になりつつあるようだ。

つい先日、俺は何の恨みもない六千人もの人間を殺した。

これも戦だから詫びる気も後悔する気もないが、殺した事実は永遠に消えない。どうにも嫌な気分だ。

あれ以来、帝国からの侵攻は完全に止まっている。

ベオグランツ帝国の総兵力は十～二十万程度と推測されるのでまだまだ戦力は残っているが、さすがに懲りたらしい。この調子で戦力を失っていると国が崩壊する。

帝国は帝国で他国との小競り合いもあるし、支配地域の反乱も頻発しているらしい。そうそう兵力の浪費はできない。

「んで、ジンはどこに行くんだ？」

どこだろうな……。

自分の人生についてふと考えてしまうが、今の質問はそんな先のことではないとすぐに気づく。

「学院長に呼ばれてるんだ。その後はマリエに頼まれてる用事がある」

「なんだよ、せわしねえな」

遊び相手が欲しかったのか、トッシュは不満そうな顔をする。

「なあジン、今日の夕飯も大食い勝負しようぜ」

「わかったわかった」


それから俺は学院長室に赴き、いつものようにゼファーの相談相手をやらされる。

「これで戦争が終わったりはせんかな？」

「何とも言えんが、ベオグランツの過去の歴史を考えると終わらんだろうな。国家規模でもサンクコスト効果は強力に働く」

ゼファーは溜息をつく。

「確かにここで侵攻を断念しても、投資した血と鉄は戻ってこないからな。無駄な投資はさっさと切り離すのが一番良いのだが……」

「皆が皆、お前のように論理的に判断できる訳じゃない」

ベオグランツ皇帝にしてみれば、多大な犠牲を出した挙げ句に征服に失敗したとなれば困るだろう。形だけでも何とか成果を得たいに違いない。

「ベオグランツ帝国は、北方から南下してきたグランツ人が征服に征服を重ねて作り上げた国だ。

油断すればすぐに反乱が起きる。それだけに侵攻失敗による威信低下は避けたいはずだ」

「だが何度攻めてきても無駄だろう？」

ゼファーの指摘はもっともなので、俺はこう答える。

「軍事力でどうにかできないのなら、また外交と諜報で何とかしようと画策するはずだ」

「では魔術学院も警戒は怠れんな」

「ああ。人の出入りは厳重に監視してくれ。それと王室に渡した情報は、ベオグランツ帝国に流れることも考慮しておこう」

「なぜだ？」

「どうせサフィーデの宮廷には間者が紛れ込んでいる。サフィーデ貴族の中にも内通者がいると思っておいた方がいい」

俺がベオグランツ帝国のお偉いさんなら、まず間違いなく諜報戦を仕掛ける。

その上で外交戦も繰り広げるだろう。

「ベオグランツ帝国は『マルデガル魔術学院の一生徒に師団を壊滅させられた』と考えている。だとすればこの学院を最優先で狙ってくるぞ。暗殺隊を送り込んできてもおかしくない」

「それは困るな……。まあ、暗殺者の集団ぐらいなら私の方で処理しておこう」

ゼファーは事も無げに言う。

こう見えてもゼファーは俺たち三人の中でも魔術に最も長けている。しかも空間と時間を研究対象にしているので、授かっている『秘儀』が最もエグい。

原子分解だの重力縮退だの因果律消失だの、術理はよくわからないが名前だけでも物騒すぎる。

こいつがいれば学院の守りはおおむね大丈夫だろう。

「学院内部のことは任せた。外との関係は俺に任せてくれ」

ゼファーは俺の顔をじっと見ていたが、何かを察したように俺に頭を下げる。

「ありがとう。私の事情にここまで付き合ってくれて感謝している」

「今はもう『俺たちの事情』だろ？」

俺はそう言うと、兄弟子に背を向けた。

「じゃあ俺はもう行くぞ」

「どこに行く？」

どこだろうな……。

とりあえず人生のことは後回しにして、俺は肩越しに返事した。

「マリアムに借りを返しに行く」

ベオグランツ軍と戦ったときには、さんざん世話になったからな。


そして俺は今、浮遊円盤の上でマリエと二人でお茶会をしている。ここはマルデガル城の上空だ。

風が強くて寒いから、『盾』の魔法で周囲をドーム状に覆っている。

「お茶を淹れたわよ」

愛用のティーセットをテーブルに並べ、妙にニコニコしているマリエ。

「あなたの浮遊円盤、相変わらず大きくて立派ね」

「前に乗せたときは怒ってただろ。魔術師が乗るものじゃないって」

「そうだったかしら？」

三百年ぐらい前の話なので、たぶん覚えてないんだろう。まだ師匠がこの世界にいた頃のことだ。

俺は差し出されたカップに手を伸ばしながら、妹弟子に疑問をぶつける。

「この間のお礼はこれでいいのか？」

「そうよ」

「このでかい浮遊円盤を出すだけで？」

するとマリエは急に機嫌が悪くなる。

「そっちじゃないわ」

「どっちだよ……」

俺が困惑していると、マリエは俺をまじまじと見た。

「あなたにそこにいてほしいの」

「ここか」

ううーん？

なんだか甘ったるい愛の言葉みたいだが、たぶんそうじゃない。俺は若い頃、こいつに敬遠されまくった。今でも微妙に距離を置かれている。

あの頃の俺がグランツ人皆殺し計画なんか立ててたから悪いんだろうが、あれは多感な乙女には醜悪すぎたらしい。俺の人生の汚点だ。

でもまあ、こうして二人だけのお茶会をしてくれるぐらいだから、関係を改善したいという気持ちはあるんだろう。

だから俺は微笑む。

「これからは俺たち、もっと仲良くしような」

「そうね」

「三人だけの弟子だからな」

「だから……」

でかい溜息をつかれた。何が不満なんだよ。

マリエがすっかり不機嫌になってしまったので、俺は居心地悪さを感じながら紅茶を飲む。これはなかなか美味い。良い茶葉を使っているようだ。

ふと前を見ると、天空に浮かぶ茶席に黒髪の美少女が座っている。賢そうなまなざしも、冷たさすら感じさせる艶やかな黒髪も、あの日のままだ。

「可憐だな」

「え？」

「お前の今の姿だよ。しわくちゃ婆さんだったときも美しかったが、今の姿も神秘的なぐらいに美しい」

「え？　なに？　それはどういう……？」

三百歳を過ぎた婆さんが、まるで十代の小娘のようにそわそわし始めた。ティーカップを無意味に持ったり置いたり、急に落ち着きがなくなる。

容姿を褒められるのは慣れていないらしい。

だから俺は違う部分も褒めておく。

「内面の美しさが外に出てるんだよ。お前は昔から無愛想だったが、学びに対する真摯な姿勢は一貫していたし、自分の内なる規範には極めて忠実だった。凛としていたな」

「な……」

マリエが耳まで赤くなる。予想もしないことで師匠に褒められたとき、いつもあんな感じだったな。師匠は褒める達人だった。

ただ師匠の場合と違って、俺はマリエをまた怒らせてしまったらしい。

マリエはスッと冷静になると、頬杖をついてそっぽを向いてしまう。

「あなたと一緒だと、やっぱり落ち着かないわね」

「すまんな」

それからしばらく不思議な心地の沈黙が流れ、やがてマリエがぽつりと言う。

「ねえ、これからどうするつもり？」

「ここまできて知らん顔もできんだろう。マルデガル魔術学院がゼファーの理念に沿ったものになるよう、全力を尽くすつもりだ」

「あ、そっちの話ね……」

なんで興ざめした顔してるんだ。人が真面目に答えているのに軽蔑の視線まで向けるな。

気まずくなった俺は軽く咳払いして、妹弟子にこう告げる。

「俺は長い間、傍観者として生きてきた。傍観を選んだのではなく、復讐を断念した後に他の生き方を選べなかっただけだが」

「何十年もかけた壮大な復讐をやめちゃったものね、あなた」

慎重かつ悠長にやりすぎた。

「だが俺は今、ひとつの勢力に加担することを選んだ。誰に強制された訳でもなく、俺が自分で選んだことだ。だから最後までやる」

するとマリエは真面目な顔で、俺をじっと見つめてくる。何かを案じているようにも見えた。

「それで本当に後悔しない？」

それは俺にもわからないが、長い人生を通してわかったことがひとつある。

「一番後悔する生き方は、自分で何も決められないことだ。俺は今、自分の意志で決めた。そしてそれを後悔しないよう、やれるだけやってみよう」

傍観者の時間は終わったのだ。

マリエは俺の顔をまじまじと見つめていたが、やがてにっこり微笑む。

「じゃ、私もそれに付き合うわね。最後まで」

「ありがとう。頼りにしてるからな」

すると彼女は微笑んだまま、こんなことを言う。

「気づいてないでしょうけど、あなたこの三百年で一番いい表情してるわよ?」

よせよ、何だか急に照れくさくなってきただろ。

師匠との出会い

その夜、スバル郷は真っ赤に燃えていた。

「はあっ、はあっ、はあっ……」

郷士の息子であるスバル・ジンは、闇の中を必死に走っていた。

背後から悲鳴と殺意を感じる。

（広い場所はダメ、広い場所はダメ……目立たないように、隠れながら……）

父との最後の会話を思い出し、植え込みや茂みを走り抜ける。

「ぎゃあっ！」

「やめてくれーっ！」

「早く逃げろ！」

悲鳴や叫び声が聞こえてくる。どれも聞き覚えのある声ばかりだ。

それに交じって、知らない声が知らない言葉で叫んでいる。グランツという土地から流れてきた、凶悪な略奪者たちだ。

昨夜、スバル郷の寄合は重苦しい雰囲気に包まれていた。

スバル郷士の分家当主にあたるスバル・ソウジュは、険しい表情で農民たちに伝える。

「兄上が猪狩りの最中、また赤い肌の連中を見かけたらしい。先日と違って馬に乗っており、難民という感じではなかったそうだ」

ソウジュの屋敷に集まった農民たちは不安そうに顔を見合わせる。

「ソウジュ様、それでそいつらは……？」

「兄上たちが火縄銃を持っていたのを見て、慌てて逃げたらしい」

すると農民たちは口々に言う。

「やはり北の蛮族が押し寄せてきたんだろうか」

「行商人たちの噂は本当だったのか？」

「それでソウジュ様、この事は領主様のお耳に届いているんでしょうか？」

ソウジュは軽く片手で皆を制し、にっこり笑う。

「案ずるな。すでに領主様には使者を送った。明後日には動きがあるだろう」

スバル郷をはじめとする近隣の郷士たちは同じ豪族に仕えている。外敵が迫れば領主が指揮を執り、近隣の郷士たちと共に戦うのがスバル郷士の伝統だった。

「今は父上たちが警備を強化しているところだが、柵の補修や見回りなどで少しでも人手が欲しいそうだ」

「それでしたら俺が」

「わしもやります」

大人たちのやり取りを、ジンは不安に思いながら聞いていた。

ジンはまだ九歳。元服前なので寄合に参加する資格がない。三歳の妹・シズの遊び相手をしながら、大人たちの会話に耳を澄ますしかなかった。

（何かあれば父上は戦いに出なくちゃいけない。そのときは俺が母上やシズを守らなきゃ）

やがて本家から慰労の酒と漬物が届き、寄合を終えた皆は談笑しながら酒を酌み交わす。翌日から本格的にグランツ人に備えることになり、その夜は解散となった。

そして真夜中。

（ん？）

ジンは不意に目を覚ました。微かに床が揺れているような気がしたのだ。

（畑仕事をするような刻限じゃないよな）

格子窓の木戸を少し開け、外を見る。やはり誰もいない。

しかしそのとき、ジンは村を囲む森に微かな光がちらついているのを見た。松明だろう。鬼火のようなそれは数が多く、そして動きが速い。おそらく馬の走る速さだ。

（領主様の援軍かな？　いや違うよね？）

こんな真夜中に松明を掲げて馬を走らせるのは危険だ。普通は昼間に行軍するし、むやみに馬を駆けさせない。

だとしたら……。ジンはすぐに妹を揺り起こす。

「シズ、起きろシズ」

「ん～……あにさま？」

妹の寝起きが悪いことを知っているジンは、半ば無理矢理に上着を羽織らせる。今は晩秋だ。寝間着では寒い。

ジンも大急ぎで着替え、もう一度窓を見る。

その頃には隊列の先頭が村の入り口にさしかかっていた。多数の馬の蹄鉄が大地を震わせ、聞き慣れない雄叫びが聞こえてくる。敵襲であることはほぼ間違いない。

そのとき、寝室の戸が勢いよく開いた。

「ジン！　シズ！」

父のソウジュが普段見せたことのないような険しい表情で飛び込んできた。帯剣している。

「グランツ人が襲ってきた。お前たちは母上と共に裏山に逃げろ。騎馬はあの山の岩場を登れん。何も持たずにすぐ行け」

「ち、父上は!?」

「村の皆を逃がした後、本家へ加勢に行く」

そこに老使用人のコヘイが駆けつけてきた。コヘイも珍しく帯剣しており、日頃の好々爺ぶりが嘘のように厳しい顔つきだった。

「ソウジュ様、敵は騎馬が五十から百ほどにございます。徒歩の者はその倍はいるかと」

「ではやはり本家の城館で迎え撃つほかないな」

ソウジュはコヘイから槍を受け取ると、ジンに向き直った。

「いいか、裏庭から茂みの中を走れ。何があっても開けた場所には決して出るな。騎兵と弓兵にやられるぞ」

そのとき、緊張した表情の母がやってくる。すでに身支度を終えていた。

「あなた、敵は本家の館をまっすぐに目指しております！」

「やはりか。参るぞ、コヘイ」

「ははっ。ソンバル会戦で鬼と恐れられたこのコヘイめにお任せを」

父の言葉に、老使用人がうなずく。

ジンは何か言おうとしたが、すぐに母に手を引かれる。

「父上！」

ソウジュはにっこりと笑う。

「郷士の務めを果たしてくる。皆を頼むぞ」

「は、はい！」


そして今、ジンは必死に走り続けていた。

（父上……！）

木造の家々は全て燃え上がり、倒れた村人たちが炎に照らされて浮かび上がる。いずれもジンの見知った顔だ。老人も子供もいた。

「ギリュード！」

騎馬を駆るグランツ人たちが見慣れぬ形状の矛槍を振り回し、村人たちを襲う。

（くそっ！　殺されてたまるか！）

幸い、敵の目的はスバル本家の城館のようだ。大半の騎馬は坂道を駆け上がり、坂の上にある城館を目指している。

「はあっ、はっ、はぁっ、はあっ！」

収穫前の豆畑に隠れると、ジンは畝を這うようにして森に逃げ込んだ。無我夢中で斜面を駆け上がる。

ここは薪や山菜を集める里山で、村の子供たちはみんなここで遊んで育つ。真っ暗だが、ジンは枝や根の一本一本まで覚えていた。

ここなら恐ろしい騎兵は入ってこないし、矢も届かない。歩兵に追いかけられても逃げ切れるだろう。

少しホッとしたジンは、大事なことに気づく。

（母上とシズはどこ!?）

一緒に逃げてきたはずの母親と妹が見当たらない。身軽なジンと違い、母は妹を抱いていた。同じ避難路を走れなかったのだと気づく。

すると森の木立を縫うようにして、松明の光が近づいてきた。

（敵だ！）

ジンはすぐに、それが村人ではないことに気づく。スバル郷の者なら暗闇でも走れる里山を、わざわざ松明を掲げて逃げる村人がいるはずがない。

すぐさま身を潜めると、荒々しい声が聞こえてきた。

「ヴェアジッド！」

「ガイエット！　ゼラニック、ウンデズタール!?」

「ヴォジン、グイリーリダン!?」

聞き慣れない言葉と、やみくもに茂みを踏み荒らす物音。ガチャガチャという金属音がするから、きっと鎧を身につけているのだろう。複数人いるようだ。

ジンの得物といえば、小刀が一振り。どちらかといえば武器ではなく工具だ。

あとは短い竹の棒きれが一本。これは山歩きに必須の蛇除けの杖で、とても武器にはならない。

(火縄銃でもあれば……。あ、そうか！)

あることに気づいたとき、不意にグランツ人たちが騒ぎ始めた。

「ヴォジー！」

「ギアギ!?」

「ガヴォー！」

見つかったのかとギョッとしたが、グランツ人たちの声は急速に遠ざかっていく。

ホッとすると同時に、別の恐怖がわき上がってくる。

(まさか、村人の誰かが見つかったんじゃ!?)

自分には何もできないが、農民たちを守る郷士の子だ。見捨てることはできないと考えたジンは、こっそり足音を追う。

すると最悪の展開が待ち受けていた。

「近寄るな！」

岩場に追い詰められる形で、ジンの母が懐剣を構えている。背後には妹のシズをかばっていた。

（母上！　シズ！）

ジンは飛び出そうと思ったが、相手は三人もいる。全員が抜き身の剣を構えていた。

「ウハーッハハハ！　ルッギ！　ビュゼ！」

「ヒーッヒヒヒ！」

下品な笑いが巻き起こっている。グランツ人たちが母をバカにしているのは明白だ。そしてそれだけでは済まないだろうということにも、ジンはうっすらと気づいていた。

（やるしかない！）

ジンは手にしていた蛇除けの竹杖で、近くの岩を思いっきり叩いた。

パァン！

鋭い音が闇を貫いた。

竹杖は毒蛇を捕まえるために、先端に切れ込みが入っている。叩くと良い音が鳴り響く。この音は銃声に似ており、獣除けにも使える。

グランツ人たちが全員振り返った。彼らもこれを銃声と認識したらしい。

「ヴァズ!?」

「ゲネヴィア!?」

ガサガサと足音が近づいてくる。どうやら彼らには逃げるという選択肢はないらしい。あるいは火縄銃が連射できないことを知っているのか。

だが好都合だ。

ジンは居場所を知らせるために、また竹杖を叩いた。

パァン!

何度も叩くと本物ではないことがバレる。火縄銃と違って、発砲炎や火薬の匂いがない。

(母上、シズ、早く逃げて!)

祈りが通じたのか、母はシズを抱きかかえるとサッと逃げ出した。母も幼少時からこの里山に親しんでいる。あっという間に二人の姿は暗闇に消えた。

(俺も逃げなきゃ!)

ジンは適当な間隔でまた竹杖を鳴らし、三人のグランツ人を森の奥へと誘導する。

しかしグランツ人たちはすぐにこれが陽動だと気づいたらしい。何か相談する声が聞こえたかと思うと、松明が遠ざかっていく。

(母上たちのところに戻るつもりだ!)

慌てて自分も戻ろうとしたとき、いきなり暗闇から何かが襲いかかってきた。

「うわぁっ!?」

間一髪で避けるが、尻餅をついてしまう。頭のすぐ上を剣がかすめていったのだ。大人の背丈だったら危なかった。

ジンの目の前には、剣を持った男が二人。

（しまった、引っかかった！）

敵は追撃を諦めたふりをして待ち伏せし、ジンをおびき出したのだ。松明を持って引き返していったのは一人だけだった。

「ヴァズザ!?　キルド!?」

「モンブロブム！　ズラーグ！」

相手が子供だからといって容赦する気は全くないらしい。転げるようにして木の幹を盾にすると、直後に剣が幹を叩いた。またしても間一髪だ。

（とにかく逃げなきゃ！）

そう思ったとき、全く知らない声が真上から聞こえてきた。

「殺させぬぞ」

自分とそう大差のない、子供の声。それも女の子だ。

慌てて上を見上げると、変な服装の少女がふわふわと空に浮いていた。真っ白な肌が夜目にも眩しい。ゼオガ人ではない。

「なっ、なにこれ!?」

「もう心配はいらんぞ、勇敢な少年よ。わしはゴモヴィロア。異世界より舞い降りし大魔王じゃ」

大魔王を自称する少女が、ゆっくりと降りてくる。グランツ人たちは剣を持ったまま、焦点の合わない目で棒立ちになっていた。

少女は手にしていた杖で、グランツ人たちをトントンと叩く。

「もうよい、ゆけ」

するとグランツ人たちはくるりと振り返り、そのまま山を下り始める。離れた場所にいたもう一人のグランツ人も一緒だ。

「あっ、あいつら！」

ジンは思わず小刀を抜くが、少女はそれをそっと掌で制した。

「今殺せば、ここで戦いが起きたことが知られてしまう。不本意じゃろうが、ここでの殺生は禁物じゃ」

「で、でもあいつらが仲間に報告したら!?」

すると少女はおかしそうにクスクスと笑い、それからゾッとするほど冷たい声でこう続ける。

「生かして帰すとは言っておらぬぞ？」

「え？」

少女は呪文のようなものを唱え、ジンにそっと触れた。

ジンの視界が突然切り替わり、麓の光景を映し出す。ちょうどさっきのグランツ兵たちが村に戻ってくるところだ。

三人がそれぞれの懐から何か取り出す。ゼオガ人の財布や装身具だ。いずれも略奪品らしく、べっとりと血にまみれている。

彼らはそれらを無造作に地面に投げ出す。そして次の瞬間。

「うわっ⁉」

ジンは思わず声をあげる。

グランツ兵たちが虚ろな表情のまま、互いの喉や腹に剣を突き刺したからだ。ぼんやりとした表情のまま、三人は崩れ落ちた。

それを最後に、ジンの視界がまた元に戻る。

「な……なに？　今の？」

「あやつらの脳を乗っ取っただけじゃよ。仲間割れに見せかけて口を封じた。相応の報いじゃろうて」

少女は老人のような口調でそう言うと、にっこり笑った。

「危ういところじゃったな」

この少女はゼオガの言葉を話し、ジンを助けてくれた。それにさっきの悪党たちを容赦なく殺した。見た目はグランツ人に似ているが、敵ではなさそうだ。

しかし何者なのか、ジンには全くわからない。

「お姉ちゃんは誰……？」

「わしか。わしは旅の学者じゃよ。さっきも名乗ったがゴモヴィロアという。いささか可憐さに欠けるゆえ『モヴィちゃん』と呼ぶがよい」

（子供なのに旅の学者？）

ゴモヴィロアと名乗った不思議な少女は、どう見ても子供だ。しかしさっきのあの不思議な力、どう見ても子供ではない。

ますますわからなくなってきた。

ゴモヴィロアは穏やかに質問してくる。

「それよりもおぬしの身内はおらぬのか？」

「母上と妹が」

「ああ、さっきの者たちじゃな。心配ない、二人ともすでに匿っておる。他にはおらぬか？」

ジンは唇を噛み、燃えさかっている村を指差す。村からはもう、悲鳴が聞こえなくなっていた。

「父上たちは俺たちを逃がすために戦って……」

その言葉にゴモヴィロアはそっと目を伏せ、帽子のつばで顔を隠す。それから顔を上げ、ジンを励ますようににっこり笑った。

「よし、わかった。周辺を探索して散り散りになった者たちを救出しよう。おぬしの力が必要じゃ」

「俺の……力？」

「そうじゃ。余所者のわし一人では、誰も信用してくれまい？」

これがジンとゴモヴィロアの出会いだった。

二人は夜通しかかって里山を歩き回り、生存者を救出した。

「里山の周辺も魔法で探知してみたが、街道の方にはゼオガ人たちの骸が転がっておった。村の中は死体だらけじゃ」

里山まで逃げ延びられた村人は半数にも満たず、皆どこかしら怪我をしていた。

父とコヘイは見つからなかった。本家の伯父や祖父、従兄弟たちの姿も見当たらない。みんな討ち死にしてしまったのだろう。

ジンは拳を握りしめて叫ぶ。

「ゴモヴィロア殿、あいつらを皆殺しにしてくれよ！」

「あやつらを殺すだけなら何とかなりそうじゃが、村を取り戻すことはできぬぞ。他のグランツ人がまた来るだけじゃ」

「どうして!?」

ゴモヴィロアは冷静に言う。

「北方で何かあったらしく、グランツ人たちが土地を捨てて南下してきておる。すでに各地で土地の奪い合いが起こり、他の村もグランツ人たちに占領されておるところじゃ」

「他の村も!?　じゃあ領主様の軍勢は!?」

「無理じゃろうな。道中、領主の城が陥落するところを見た」

驚愕の事実をさらりと口にしたゴモヴィロアは、ジンをうながす。

「この里山は危険じゃ。グランツ人たちが薪を集めに来るかもしれぬ。もう少し高いところまで避難するがよい」

「だったら岩場を登った先に洞窟があるから、そこに避難するよ。何かあったらそこに逃げろって、昔から言われてるから」

村人全員が入るには少し狭すぎる洞窟だが、今なら問題ないだろう。村人は半分以下に減ってしまったから。

ゴモヴィロアはうなずく。

「わしは他の集落の様子を見てくる。できることは少ないが、ゼオガの民を見殺しにはできぬ」

「もう会えない？」

「いやいや、心配せずとも明日には戻る。里山全体に人払いの魔法をかけておいたゆえ、戻るまではグランツ人もここには来るまい」

ゴモヴィロアはそう言うと、杖を地面にトンと突いた。

パッと魔法陣が広がり、不思議な光を放つ。

「ジンよ、希望を捨ててはいかんぞ」

笑顔と共にゴモヴィロアの姿は消えた。


スバル郷の人々は着の身着のまま、山の中腹にある洞窟に避難することにした。洞窟は村からは見えないが、こちらからも村の様子はわからない。

食料や衣類を持ち出す余裕はほとんどなく、一部の村人たちは危険を冒して山際の畑から作物を集めてきた。

「ダメだ、グランツ人どもがうろついている。豆と芋を少し集めてくるのが精一杯だった」

「いや、無事で何よりだ。とにかく子供たちに食わせてやろう」

「待て、煮炊きの煙を見られるとまずい。ゴモヴィロア殿がお戻りになるまでは火は厳禁だ」

大人たちは芋の蔓をかじって空腹を紛らわし、子供たちは生の芋を小刀で削って少しずつかじった。洞窟の近くには小川があり、かろうじて喉の渇きだけは満たされた。

その間、ジンにできることは何もなかった。妹と共に生の芋を食べ、ただただゴモヴィロアの帰りを待つ。悔しかった。

(俺は郷士の子なのに、何もできない……)

やがて次の夜が訪れる。空腹と寒さと悲しさの中、生き残った村人たちは身を寄せ合って眠った。

ゴモヴィロアが戻ってきたのは、翌日の午後だった。

「待たせたのう。うむ、ここなら安全そうじゃな。さあさあ、もうひもじい思いはさせぬぞ」

どこからか調達してきたのか、彼女は大量の米と炭を魔法のバッグから取り出してみせる。衣類や生活道具もあった。

だが良いことばかりではなかった。ゴモヴィロアのもたらした情報は、村人たちを落胆させる。

「グランツ人たちはかなり南の方にまで進出しておるようじゃ。近隣の集落は全て占領された。ゼオガの民はあちこちに散らばり、息を潜めて隠れておる」

「俺たち、これからどうなっちゃうの……?」

「この辺りに来たグランツ人は、かなり凶悪な連中じゃ。異民族を皆殺しにして当然と思っておる。わしが助けるゆえ、しばらく隠れて暮らすがよかろう」

「そんな……」

受け入れがたい現実だったが、同時に自分の力ではどうにもならないこともわかった。

それでもジンは言う。

「俺はいつか絶対、父上たちの仇を討つ。そしてスバル郷を取り返すんだ」

ゴモヴィロアはそんなジンの顔をじっと見ていたが、やがてこう言った。

「……そうじゃな。今はそれを目標にするのが一番良いじゃろう。じゃが、くれぐれも焦りは禁物じゃ。よいな？」

「わかった」


それからスバル郷の人々は、ゴモヴィロアが運んでくる物資と情報を頼りに洞窟に隠れ住む。ゴモヴィロアの魔法がグランツ人を山から遠ざけ、ひとまずの安全は保たれていた。

貴重な炭で暖を取り、厳しい冬をどうにか乗り切る。しかし住み慣れた村を追われたことが老人や病人には相当応えたらしい。例年よりも多くの者が冬の寒さで命を落とした。

体調を崩した村人たちを魔法で治療しながら、ゴモヴィロアはジンに教える。

「近隣のゼオガの豪族たちも次々にグランツ人たちに征服されておる。グランツ人たちを追い払える勢力はもうどこにもない」

「じゃあもう俺たち、ずっとここで暮らすしかないの!?」

「いや、そんなことはさせぬ」

ゴモヴィロアは滋養強壮の薬湯を煎じて皆に飲ませつつ、にっこり笑う。

「まあ見ておるがよい。因果は巡るものじゃ」

「どういう意味？」


春になっても状況は変わらなかったが、ジンたちは里山に下りては山菜などを摘んで食料にした。

グランツ人たちは里山の手入れを全くしておらず、森の中で彼らに遭遇することもなかった。

（あいつら、村をメチャクチャにしやがって……）

村に近づくのは厳しく禁じられていたので、ジンは木々の間から見える村を遠くから見ることしかできない。

そして春が過ぎ、夏が訪れる。

「いつまでこんな生活が続くんじゃ……」

「煮炊きの火で見つかるんじゃないかと生きた心地がしないわ」

「村に帰りたいよ」

「うちの水田は無事なんだろうか」

村人たちは日に日に元気を失っていく。ジンは郷士の子として、いてもたってもいられなかった。

（ダメだ、ゴモヴィロア殿はいつまで経っても戦ってくれない）

そして秋が訪れたとき、ジンは決意する。

（ゼオガの土地はゼオガの者が取り返すしかない）

秋の夜長にジンは火縄銃を手に取る。そして洞窟を抜け出した。

（増える数より殺す数の方が多ければ、そのうちあいつらはいなくなるんだ）

火縄銃に火薬と玉を込めながら、ジンは考え抜いた計画をもう一度点検する。

（一晩に一人ずつでいい。夜道を歩いているグランツ人を撃ち殺す）

村にどれぐらいのグランツ人がいるかわからないが、火薬と玉ならたっぷりある。銃声を聞かれるのを恐れ、村人たちは銃で狩りをしなかったからだ。

（これなら子供の俺でもあいつらを殺せる……けど、重いなこれ！）

子供には重すぎる火縄銃だったが、木の枝などに銃身を預ければ射撃できる。亡き父から教わった射法だ。

（火縄の燃える匂いと火で気づかれる。それに銃声も……）

改めて考えると、無理そうな気がしてきた。

（待てよ？　グランツ人を殺したら、あいつらは俺たちがここにいることに気づくよな？）

とても単純なことを失念していた。自分たちに危害を加える敵が出没すれば、普通は山狩りぐらいはする。

（あの洞窟が見つかったら終わりだ。帰ろう……）

そう思ったとき、ジンは麓の様子がおかしいことに気づいた。

（村が真っ暗だ。明かりがどこにもないぞ？）

不審に思ったジンは、里山を下りて村へと忍び込んだ。

スバル郷は無人の廃村になっていた。人も馬もまるで見当たらない。

グランツ人たちが新たに建てた小屋がいくつもあったが、どれも無人になっている。少し前までは人が暮らしていたようだ。食料は何もなかった。

（あいつらどこ行ったんだ？）

夜明けを待って明るくなってから探索してみると、村の荒廃ぶりは予想以上だった。

稲刈りの季節だというのに、田には雑草しか生えていない。田起こしや代掻《しろか》きどころか、畦塗《あぜぬ》りもしなかったようだ。

たまにひょろひょろの稲が見えるので、稲作を試みたのはかろうじてわかる。

「これは……」

そうつぶやいたとき、不意に背後で声がした。

「言ったじゃろう？　因果は巡ると」

慌てて振り返ると、ゴモヴィロアが苦笑しながら立っていた。

「皆が心配しておったぞ」

「ゴ、ゴモヴィロア殿！　もしかしてゴモヴィロア殿がやったのか!?」

「いや違う」

ゴモヴィロアは首を横に振り、遠くを見つめる。

「寒い北方では米が穫れぬ。それゆえグランツ人は稲作を知らぬ。ここのグランツ人どもはゼオガ人を皆殺しにしたので、稲作の方法がわからんかったのじゃよ」

収穫時の水田からは水が抜けている。そのため、グランツ人たちは水田がどういうものかわからなかったらしい。

「あやつらは乾いた田に種籾を蒔き、後は何もせんかった。麦と同じ感覚じゃな」

「もしかしてそれを見てたの、ゴモヴィロア殿は？」

「さよう。ずっと見ておった」

ゴモヴィロアは微笑む。いつも通りの優しい微笑みだったが、ジンはその微笑みに底知れぬ怒りを感じて震えた。

「わしは稲作の方法を知っておる。里山で山菜や獣肉を得る方法もな。しかし姿を隠し、ただ見ておった。彼らが飢えて死ぬであろうとわかった上で、見殺しにしたのじゃよ」

「ゴモヴィロア殿……」

「案の定、飢えた奴らは盗賊化した。もともと奪うことに頓着のない連中じゃからの。近隣の村を襲うようになり、とうとう最後は近隣のグランツ人たちの反撃で皆殺しにされた」

彼女の言葉が本当なら、この村を襲った連中はもういないことになる。仇討ちをする相手がいなくなってしまった。

「ここの奴らはいなくなったが、近隣の村にはグランツ人がおる。やつらは捕らえたゼオガ人を農奴にして米を作らせておる。すぐにここにも農奴と監視兵を送ってくる」

すぐさまジンは言う。

「じゃあ俺がそいつらを殺す」

ゴモヴィロアが首を振った。

「殺してもきりがないぞ。南下してきたグランツ人は数十万はおるじゃろう」

「だったら、そいつら全員を殺すまでだ」

「なんと。具体的にどうするつもりじゃ？」

ジンの志は決まっていた。

「ゴモヴィロア殿、俺に魔法を教えてください！　俺が魔法でグランツ人を根絶やしにするんだ！」

「そんな澄んだまなざしで恐ろしい決意を口走るヤツがおるか。おぬしはまだ子供じゃろうに」

「ゴモヴィロア殿だって子供じゃないか」

「わしは事情があって幼少期の姿しか持っておらんが、齢千を超える老女じゃよ。子供がこんなに魔術に通じておるはずがなかろう」

ゴモヴィロアは杖で自分の肩をトントン叩きながら、苦笑する。

「ま、諦めるのじゃな。わしにその気はない」

「俺は絶対に諦めない。どんな方法を使ってでも、グランツ人を一人残らず殺してやる」

「おぬし、頑固じゃな……。あいつにそっくりじゃ。では何の罪もないグランツ人の幼子も殺めるのか?」

ジンは即答した。

「当然だろ。グランツ人どもがやったことを、そのまんまやり返してやるんだよ」

するとゴモヴィロアは少し考える様子を見せる。

「かなり思い詰めておるのう。これは適切な教育を与えねば、道を誤るかもしれぬな……」

「うん、誤る! 思いっきり誤るぞ!」

「わかったわかった。しかし破壊魔法を実戦で操るには、少なくとも十年ほどかかる。それでもよいのじゃな?」

「いいよ」

槍や火縄銃を十年修練しても、グランツ人は滅ぼせない。魔法なら滅ぼせるかもしれない。ならば迷う理由などない。

するとゴモヴィロアはニヤリと笑う。

「ではまず、エネルギー保存の法則あたりから学ばねばな」

「なにそれ?」

「よかろう、では帰って講義を始めるとするかの」

ジンの一学徒としての長い旅路が、このとき始まった。

あとがき

中高生の頃、「全校一位」や「学年トップ」という響きに憧れつつも、それらしい努力は一切しなかった漂月です。

ただ社会人になって痛感したことですが、全校で一番でも全国には他の「全校一位」が大勢いる訳で、今度はその中で競い合わないといけないんですよね。

当時の私にとっては自分の学校が世界の大半でしたが、それは小さな閉じた世界だったんだなと思います。

いや、負け惜しみじゃないです。いえ全然。うん本当に。

その後、私は教える側になって学校や塾でちょっとだけ働きました。あんまり向いてなかったのですぐやめてしまいましたが、教える側から見てもやはり学校は小さな閉じた世界でした。

職員の人間関係も小さな閉じた世界だったので結構つらかったです。

それはさておき。

学園ファンタジー物を書くとき、この小さな閉じた世界の中だけで物語を完結させるのは嫌だな、と思いました。主人公が学校でどれだけ活躍しても、その外に広がる広い世界は何も変わりません。

そこで学校の外で戦争を起こし、主人公には外にも出てもらうことにしました。

魔法を使った戦争を書きたかったというのが一番の理由ですが……。


今作はイラストをえいひ先生に手がけていただきました。

透明感のある色使いや現代的で親しみやすいデザインなど、この作品に欲しかった要素を全て持っておられる方で、実際に全てのイラストが期待を遥かに超える素晴らしいものでした。本当にありがとうございます。

また担当編集の大友様にも大変お世話になりました。

今回は書籍化作業中にインフルエンザと溶連菌で我が家が大変なことになりましたが、その都度スケジュールを調整してくださり、温かい励ましのお言葉もくださいました。無事に刊行できたのは大友様のおかげです。


そして何よりもこの作品を読んでくださった全ての皆様に御礼を申し上げます。ありがとうございます。

うまくいったら二巻でお会いしましょう。

シリーズ累計
55万部突破!
2億1000万PV超の
大人気転生ファンタジー

ぶふふわっ、何よこのでたらめな力は！
世界の理が狂ってしまうわ!!
けど、持ってる力は使っちゃうよね。
だって、色々便利だから♪
は、
ひた隠す
コミカライズも
コミックアース・スターにて
好評連載中!!
https://www.comic-earthstar.jp/

がココにある。
私の従僕
私、能力は平均値
でって言ったよね!
二度転生した少年は
Sランク冒険者として平穏に過ごす
～前世が賢者で英雄だったボクは
来世では地味に生きる～
転生したら
ドラゴンの卵だった
～最強以外目指さねぇ～
戦国小町苦労譚
領民0人スタートの
辺境領主様
毎月15日刊行!!
https://www.es-novel.jp/

あなたの“好き”
反逆のソウルイーター
～弱者は不要といわれて
剣聖（父）に追放
されました～
転生した大聖女は、
聖女であることをひた隠す
冒険者になりたいと
都に出て行った娘が
Sランクになってた
即死チートが
最強すぎて、
異世界のやつらがまるで
相手にならないんですが。
人狼への転生、
魔王の副官
アース・スター ノベル
EARTH STAR NOVEL

EARTH STAR
NOVEL

潜伏賢者は潜めない　～若返り隠者の学院戦記～

発行 ―――――― 2020年3月14日　初版第1刷発行

著者 ―――――― 漂月

イラストレーター ―――― えいひ

装丁デザイン ―――― 石田 隆（ムシカゴグラフィクス）

発行者 ―――――― 幕内和博

編集 ―――――― 大友摩希子

発行所 ―――――― 株式会社 アース・スター エンターテイメント
〒141-0021　東京都品川区上大崎3-1-1
目黒セントラルスクエア　5F
TEL：03-5561-7630
FAX：03-5561-7632
https://www.es-novel.jp/

印刷・製本 ―――――― 中央精版印刷株式会社

ISBN 978-4-8030-1387-0